法藏知津

三編：佛教文學與藝術研究專輯

杜潔祥 主編

第 1 冊

佛教地獄觀念與中古敘事文學

范 軍 著

花木蘭文化出版社

國家圖書館出版品預行編目資料

佛教地獄觀念與中古敘事文學／范軍 著—初版—新北市：
花木蘭文化出版社，2015〔民104〕
目 2+158 面；19×26 公分
（法藏知津三編：佛教文學與藝術研究專輯　第 1 冊）
ISBN：978-986-322-383-2（精裝）
1. 佛教文學　2. 敘事文學　3. 文學評論
820.8　　　　　　　　　　　　　　　　102014642

ISBN-978-986-322-383-2

9 789863 223832

法藏知津三編：佛教文學與藝術研究專輯
第 一 冊　　　　　　　　　　ISBN：978-986-322-383-2

佛教地獄觀念與中古敘事文學

作　　者　范軍
主　　編　杜潔祥
副總編輯　楊嘉樂
編　　輯　許郁翎
出　　版　花木蘭文化出版社
社　　長　高小娟
聯絡地址　235 新北市中和區中安街七二號十三樓
　　　　　電話：02-2923-1455／傳真：02-2923-1452
網　　址　http://www.huamulan.tw 信箱 hml810518@gmail.com
印　　刷　普羅文化出版廣告事業
初　　版　2015 年 5 月
定　　價　三編 15 冊（精裝）新台幣 25,000 元

佛教地獄觀念與中古敘事文學

范 軍 著

作者簡介

范軍，男，1972年出生，山東兗州人。2004年畢業於南開大學文學院，獲文學博士學位。現執
教於國立華僑大學與泰國華僑崇聖大學，致力於宗教文化與中國古典文學的教學與研究工作。

提　　要

　　本書是作者的博士學位論文，是一部系統研究中國佛教地獄觀念與中古敘事文學的專著。

　　中國地獄觀念是在印度佛教地獄觀念的影響下形成的。本書首先致力於中國地獄觀念形成
歷史的研究，在大量的歷史文獻中爬梳出中國固有的冥界思想與印度佛教地獄觀念融合而形成
具有中國特色的地獄觀念的歷史發展軌跡。

　　其次，在對地獄觀念形成發展的歷史軌跡充分把握的基礎上探討一些文化方面的問題。比
如探討因果報應、罪惡懲罰以及目連救母故事等反映的孝道觀在中國倫理思想史上的價值與作
用；通過對「十王齋」等喪葬民俗和盂蘭盆節等地獄觀念對中國家庭日常節日民俗影響滲透的
研究，解釋佛教之所以中國化的深層原因。

　　第三，深入分析地獄觀念對中古敘事文學的影響。地獄幻想對中古虛構敘事文學有諸多啟
發，佛教地獄觀念為中國小說的發展提供了新的敘事時空、人物形象、結構模式和美學風格。
本書著重論述分析了佛道地獄觀念對六朝的「地獄巡遊」故事母題的影響和中國化的閻羅地獄在
隋唐小說中的種種表現。

本書獲得華僑大學科研基金資助項目的資助

目次

緒　論

　　傳統觀點一般認為，先秦以來，中國文化富有理性精神和重視現實人生，缺少宗教熱情和超越意識，在生死問題上，重生輕死。如孔子的一些名言：「未知生，焉知死？」「未能事人，焉能事鬼？」「子不語怪力亂神。」「敬鬼神而遠之。」等等。中國本土孕育的儒家、道家及道教的思想體系，或重視現實人生、社會倫理；或重視長生久視、精神超脫；在先秦諸子中，只有墨子張皇神鬼，有濃重的宗教色彩，但墨子的思想在後世沒有產生太大的影響。

　　因此，梁漱溟在《中國文化要義》中就認為：「幾乎沒有宗教的人生，為中國文化一大特徵。」〔註1〕顧頡剛也說：「中國人只有拜神的觀念，沒有信教的觀念。」〔註2〕錢穆則曾指出：「中國自身文化傳統之大體系中無宗教。」〔註3〕以新儒家為代表的這種看法雖不失偏頗，但作為一種歷史觀不無一定的道理。的確，在中國古代，不存在歐美和阿拉伯國家那樣具有強烈排他性的一神教（如基督教和伊斯蘭教），也沒有哪種宗教曾被長期立為國教。在中國歷來盛行的是多神信仰。與其他國家相比，表現為更大的宗教寬容性，除了少數出家信徒之外，多數民眾徘徊在眾多宗教之間，並不虔誠地皈依某一種宗教或專屬於某一宗教團體，因此也就缺乏宗教狂熱和殉教精神，對神佛的祭祀與供奉也充滿了世俗色彩和功利意識。

　　但是，中國文化也有往往不被學者注意的重鬼神信仰的民眾宗教，只不過中國的民眾宗教存在有別於西方的形式與特點。顧頡剛就曾指出，中國人

〔註1〕　梁漱溟：《中國文化要義》第8頁，學林出版社，1987年。
〔註2〕　顧頡剛：《顧頡剛學術文化隨筆》第373頁，中國青年出版社，1998年。
〔註3〕　錢穆：《現代學術論衡》第17頁，三聯書店，2001年。

對活人的生活不努力改善，對廟宇和死人的墳墓卻可以一擲千金。他說，「這種態度簡直不是活人的態度，他們實在是把自己看作一個死人的奉侍者。」〔註4〕其實《論語‧泰伯》中已有這樣的說法，「子曰：禹，吾無間然矣，菲飲食，而致孝乎鬼神；惡衣服而致美乎黻冕。」〔註5〕《禮記‧表記》中也記載：「夏道尊命，事鬼敬神而遠之，……殷人尊神，率民以事神，先鬼而後禮，……周人尊禮尚施，事鬼敬神而遠之……。」〔註6〕自古以來，中國就有鬼神信仰，這種觀念至今仍影響著民眾的思想意識，這實在值得我們作深入細緻地考察與研究。

鬼神信仰來源於夢幻和死亡。西方近代宗教學奠基人英國的愛德華‧泰勒提出著名的「萬物有靈論」，認為原始人對生命和死亡的差異感到驚恐，對睡眠和出神時出現的夢境與幻覺感到驚奇，將兩者結合，就假定有種「幽靈」或「鬼靈」的存在。然後，原始人按照自己的觀點，從設想存在人的靈魂進而推論到各種動物的靈魂和其他事物的靈魂〔註7〕。英國文化人類學家弗雷澤對原始人的靈魂觀念也是這樣解釋：「正如動物或人的活動被解釋為靈魂存在於體內一樣，睡眠和死亡則被解釋為靈魂離開了身體。睡眠或睡眠狀態是靈魂暫時的離體，死亡則是永恒的離體。」〔註8〕人類無法逃避的「死亡」是宗教產生的重要原因之一。英國文化人類學家馬林諾夫斯基就認為，「宗教底一切源泉中，要以死亡這一生命底最末關節，無上的轉機，為最重要了」〔註9〕。《禮記‧祭法》中說：「大凡生於天地之間者皆曰命，其萬物死者曰折，人死曰鬼。」〔註10〕由夢幻與死亡而產生的「靈魂不滅」的觀念和「彼岸」及「他界」觀念也幾乎是所有宗教共有的現象。

雖然對「他界」的幻想在各民族的文化中都會存在，但是表現的程度卻

〔註4〕 顧頡剛：《顧頡剛學術文化隨筆》第 374 頁，中國青年出版社，1998 年。

〔註5〕 《四書章句集注》第 108 頁，中華書局 1983 年。

〔註6〕 李學勤主編：《十三經注疏‧禮記正義》第 1484～1486 頁，北京大學出版社，1999 年。

〔註7〕 參見呂大吉：《宗教學通論》第 107～109 頁，中國社會科學出版社 1998 年；〔英〕埃里克‧I‧夏普：《比較宗教學史》第 72 頁，上海人民出版社，1988 年。

〔註8〕 〔英〕弗雷澤：《金枝》第 269 頁，中國民間文藝出版社，1987 年。

〔註9〕 馬林諾夫斯基：《巫術科學宗教與神話》李安宅譯，第 29 頁，中國民間文藝出版社，1986 年。

〔註10〕 李學勤主編：《十三經注疏‧禮記正義》第 1298～1299 頁，北京大學出版社，1999 年。

大不相同。數千年來，中國的社會組織結構一直是以家族爲中心的宗法制。家族、家庭是人們生活的中心。中國人因而具有強烈的現實意識，重視的是現世的幸福，認爲「人生在世並非爲了死後的來生，對於基督教所謂此生來世的觀點，他們大惑不解。他們進而認爲：佛教所謂升入涅槃境界，過於玄虛。」〔註11〕和諧美滿的家庭生活乃是國人心目之中永恒的「天堂」，人們始終渴望的不是虛無彼岸的靈魂超脫，而是獲得人間的享樂，熱衷追求的是夫婦敦倫、兒孫滿堂的天倫之樂。這與儒家積極入世、提倡尊祖敬宗、父慈子孝、兄友弟恭等等以家庭倫理爲核心的傳統道德有密切關係。

　　因此，民眾對宗教的態度是實用功利的。他們沒有嚴格的宗教禮拜活動，神佛是可有可無的。錢穆說：「中國人不必有教堂，而亦必須有一訓練人心使其與大群接觸相通之場所，此場所便爲家庭。中國人乃在家庭裏培養其良心，如父慈子孝兄友弟恭等是也。故中國人的家庭，實即中國人的教堂。」〔註12〕

　　主張無君無父，要求信徒出家修行，追求精神超脫——涅槃寂靜的佛教，與重視現世、重視家庭、重視家族繁衍的中國固有文化本來存在著嚴重的矛盾衝突。尤其是天堂地獄這些強調來世彼岸的思想與信仰，更不容易被國人接受。但是就是這個來自異域的佛教，經過千餘年的經營，已經完全融入中國文化，不再被人認爲是「非我族類，其心必異」的外來宗教。所以，日本著名的學者鎌田茂雄說：「佛教已經不再被視爲外來宗教，而是滲透到中國人的血肉，獲得了它的生存基礎，成爲他們的精神糧食了。」〔註13〕

　　佛教之所以能做到這一點，一方面是由於中國文化具有弘偉的包容精神，另一方面與佛教自身具有豐富的理論的、文化的價值，而這些內容又正可補中土傳統文化之不足有關係。另一方面，與它善於傳教也不無關係，更特別是它主動與祖先崇拜、家族祭祀這些中國傳統文化中眞正的信仰核心相融合，使它順利地打開了闖入中國人士心靈的孔道。在中國，家庭特別是農村社會的家庭是一個基本的宗教單位，具有宗教功能。當然這裏所說的「宗教」是廣義的，即包括人們對鬼神仙佛的崇拜，也包括對祖先的崇拜與紀念，對超自然力的敬畏，以及其他表示神秘感情的行爲等等。中國家庭的最主要的宗教活動包括爲死亡的家人舉行喪葬儀式；爲紀念亡故的先人而舉行的祭

〔註11〕林語堂：《中國人》第82頁，浙江人民出版社，1988年。
〔註12〕錢穆：《孔子與心教》，《思想與時代》，總第21期。
〔註13〕鎌田茂雄：《簡明中國佛教史·序章》，第4頁，上海譯文出版社，1986年。

掃活動；爲娶新婦、添人丁所舉行的慶祝與祭告活動；爲禳除災害、祈恩邀福所舉行的敬神儀式等等。在這些儀式活動當中對亡人的超度和對祖先的祭掃是最核心的內容，而這些喪葬儀式與祭祀活動又與中國的「他界」信仰有密切關係，因爲這些儀式的目的就是幫助死去的家人免墮地獄而轉生樂處。因此，外來的地獄信仰在中國民眾的信仰生活中就有了十分重要的意義，所以研究地獄觀念與信仰，對於瞭解古今民眾的信仰世界與民俗文化有重要的價值和意義。

　　臺靜農先生說：「中國人的地獄觀念，不是所謂『本位文化』，已是毫無疑義的。」〔註14〕中國的地獄觀念與信仰是由印度隨佛教的傳入而帶來的。關於佛教傳入中國之年代的最早的記載是在漢哀帝元壽元年（公元前2年），所以現在學術界公認的佛教傳入中土的時間是兩漢之際。在此之前，中國固有的文化之中只有冥界思想而無地獄觀念。中國上古秦漢時期的冥界思想很混亂無序，「因此不易整理出一個頭緒來。以古代中國的時間之長和地域之廣，我們也不能假定各時代、各地區的中國人自始便具有統一的死後世界觀」〔註15〕。但是有一點可以肯定，即無論當時人們認爲人死後靈魂上天還是入地，卻都不是依據善惡來劃分的。黃泉地府是所有人的靈魂都可以前往的歸宿。這也就是說，當時的冥界觀念還具有相當原始的形態，還沒有後世那種道德審判、罪惡懲罰的觀念，因爲在後世的地獄觀念中地獄是惡人接受懲罰的地方。

　　作爲一個外來宗教，佛教地獄觀念融入中國文化是一個漫長複雜的過程。那麼，印度的佛教地獄觀念如何影響了中國的冥界觀，中國固有的冥界思想又如何改造了佛教的地獄說？民間信仰又如何吸收佛道兩教的地獄觀念形成了中國獨特的地獄觀，就是一個有重要意義的課題。而這個獨具特色的中國地獄觀又與中國民間信仰、倫理道德、節日、民俗等中國文化的諸多方面都有千絲萬縷的關係。而在中外文化的對撞、衝突與融合之中，佛道教義與民眾信仰的互相影響與滲透的現象在文學藝術尤其是敘事文學（包括文言小說和敦煌變文）當中都有相當生動豐富的表現。六朝的「釋氏輔教之書」中「地獄巡遊」故事、隋唐的志怪傳奇與目連救母變文等等都是地獄觀念在

〔註14〕臺靜農：《佛教故實與中國小說》，見《臺靜農論文集》第205頁，安徽教育出版社，2002年。

〔註15〕余英時：《中國古代死後世界觀的演變》，見《燕園論學集》第117頁，北京大學出版社，1984年。

文學中的表現。這些也即是本論文研究的主要的內容。

　　本書將就以上方面進行嚴密紮實的文獻材料的整理和研究。在研究時，借鑒了大陸和臺灣的學者以及日本、歐美學者已有的相當富有成果的研究。

　　大陸的研究相對薄弱，就筆者耳目所及，僅有如杜斗城的《敦煌本〈佛說十王經〉校錄研究》、孫昌武的《地獄巡遊與目連救母》（收入《文壇佛影》）、侯旭東的《五六世紀北方民眾佛教信仰》、劉楨的《中國民間目連文化》、張總的《地藏信仰研究》以及馬書田的《中國冥界諸神》、《華夏諸神》、與中等為數不多的幾本書探究過地獄觀的問題。

　　臺灣學者則有臺靜農的《佛教故實與中國小說》（收入《臺靜農論文集》）、蕭登福的《先秦兩漢冥界及神仙思想探原》、《漢魏六朝佛道兩教之天堂地獄說》和《道佛十王地獄說》以及臺灣陳芳英的《目連救母故事之演進及其有關文學之研究》、丁敏的《佛家地獄說之研究》等等。

　　日本、歐美的學者對中國地獄觀念方面的研究成果比較豐富。例如日本澤田瑞穗的《地獄變 —— 中國の冥界觀》、前野直彬的《冥界遊行》、小南一郎的《六朝隋唐小說史の展開と佛教信仰》、小野四平的《豐都冥界の成立》、岩本裕的《目連傳說と盂蘭盆》、法國戴密微的《唐代的入冥故事 —— 黃仕強傳》、德國艾伯華（Wolfram Eberhard）的「Guilt and Sin in Tradition China」、英國杜德橋的（Glen Dudbridge）「The Legend of Miao-shan」、美國太史文（Stephen F. Teiser）的《十王經與中國中世紀佛教地獄的形成》（「The Scripture on the Ten Kings and the Making of Purgatory in Medieval Chinese Buddhism」）。

　　以上著作所提供的材料與結論對本論文的研究具有重要的啟發和借鑒意義。另外，以上著作或論文，除臺靜農的《佛教故實與中國小說》與孫昌武的《地獄巡遊與目連救母》一文外很少見到從文學的角度探討這個問題的，所以在這個角度題上還有相當的研究空間。

　　雖然國內就地獄觀念與中國文學的角度來研究的專著、論文不太多見，但是關於佛教與中國古代小說的關係的專著與文章，卻有很多值得認真借鑒。如：孫昌武《佛教與中國文學》、《中國文學中的維摩與觀音》、蔣述卓的《佛經傳譯與中古文學思潮》、孫遜的《中國古代小說與宗教》、王連儒的《志怪小說與人文宗教》、陳引馳的《隋唐佛教與中國文學》、韓雲波的《唐代小說觀念與小說興起研究》、吳光正的《中國古代小說的原型與母題》、陳文新

的《文言小說審美發展史》等等。

總之，地獄觀念與中古敘事文學關係在國內是一個較新的課題，其研究有待深入，這一課題的研究，無論對於探討佛教的「中國化」過程，還是瞭解佛教對中國文學的影響都具有相當重要的意義。

本文就中國地獄觀念的形成與發展的歷史；地獄信仰與中國倫理思想、節日民俗等思想文化的諸方面的關係以及地獄觀念對中古敘事文學的影響，展開歷史、文化、文學三個方面的研究。論文因此分為三編：歷史編、文化編和文學編。

第一編「歷史編」試圖在紛繁的佛典、道書以及其他歷史文獻中理出一條中國地獄觀念發展演變的歷史脈絡。天堂地獄觀念是中國民眾宗教信仰的重要組成部分，在廣大民眾中獲得廣泛認同並且流傳久遠。但是完整系統的地獄觀念實質上是佛教東傳、由印度輸入中國的。地獄觀念在中國的發展歷史可以分為三個階段：第一階段，先秦兩漢──中國固有的冥界思想；第二階段，魏晉六朝──佛教地獄觀與中國固有的冥界說的衝突與融合；第三階段，隋唐五代──三教合流與中國地獄觀的成熟。

先秦盛行的「魂魄」二元論，導致了人死後有上下兩種去向：一為魂盛者上升於天，或為星辰五行之神，或在天帝左右；一為魄盛者留處於地下或黃泉下。到了東漢，「泰山治鬼」信仰流行，泰山作為溝通天地的神山，也是人死後靈魂的歸宿。這種說法在當時相當流行，東漢陵墓出土的鎮墓文就有「生人屬長安，死屬泰山」的記錄。冥界此時雖然還是隸屬於天帝，但是泰山冥界的最高主宰是泰山府君。

佛教地獄經典最遲於在公元二世紀就已經被傳入中土。據《高僧傳》和《開元釋教錄》等文獻記載，這時安世高和康巨已經分別翻譯了《佛說十八地獄經》和《問地獄經》等。此後與地獄相關的佛教經典更是大量地被翻譯。魏晉南北朝時期翻譯的佛教地獄經典對地獄的詳細描述改變了中國固有文化對冥界語焉不詳的狀況，豐富了中國文化對冥界的幻想。更主要的是它將道德審判與地獄懲罰結合起來，地獄成為了惡人遭受報應的地方，這完全改造了中國固有的冥界思想中無論善惡所有的人死後都將魂歸泰山的觀念。另一方面，在佛教刺激影響下，道教開始確立。新興的道教也在佛教地獄觀的影響下，形成更多本土色彩的道教地獄觀。

到了隋唐時期，在中國化的「宗派佛教」成熟壯大的大背景下，沙門藏

川所撰兩種《佛說十王經》的出現標誌著完全中國化的地獄觀「十王地獄說」的形成。這種新型的具有中國特色的地獄觀，是綜合、融攝了佛教、道教、儒教以及民間信仰的冥界地獄思想的基礎上形成的。在唐代，閻羅王取代了泰山府君而成爲地獄至尊無上的主宰，但是泰山也沒有完全退出歷史舞臺，它屈尊變爲了十殿閻羅中一員——泰山閻王。雖然地獄主宰使用了印度佛教的神名，但是在民間信仰中，閻羅王卻是由中國的人鬼來擔任，隋唐以降，韓擒虎、寇準、韓琦、范仲淹、包拯等眞實的歷史人物，都曾作過閻羅王。另外，在唐代隨著地藏菩薩信仰的流行，閻羅王的信仰也逐漸與之合流，在《佛說十王經》中閻羅王已經是地藏菩薩的化身。再者，中國傳統的「土地神」崇拜也被納入閻羅信仰的系統，它成爲閻羅王派出的管理各地方的城市保護神和冥界司法神。

　　第二編「文化編」探討的是與地獄信仰相關的一些文化內容。由於佛教地獄觀以人生前的思想行爲的善惡來決定是否進地獄受懲罰，這就使其具有了強烈的倫理意義。佛教地獄審判的善惡標準主要是佛教倡導的「五戒」、「十善」等道德準則。這些準則也慢慢吸收了儒家、道教的倫理思想而成爲三教合流的倫理體系。佛教地獄信仰中倡導的倫理思想在歷史上曾經起到一定的積極作用，有些內容至今依然有著重要的現實意義與現代價值。

　　爲超度七世先人而在每年七月十五日舉行的「盂蘭盆節」形成於齊梁，在唐代已經成爲全民參與的盛大的宗教節日。關於這個節日的來龍去脈和發展演變我們都作了比較詳細的研究。這個節日起源於《盂蘭盆經》中「目連救母」的故事，這個故事與儒家倡導的孝道精神兩相吻合，所以非常受中國民眾的歡迎。七月十五日是佛教結夏安居結束的日子，又是道教的中元節，同時是穀物成熟薦新、祭祖的時間，所以這個節日有著多種文化源頭，負載了豐富的文化信息。

　　基於佛教中陰身觀念而形成的超度死者亡靈的喪葬儀式「七七齋」，在六朝時期就已經興起。到了唐代，藏川的《佛說十王經》將佛教的「七七齋」與儒家喪葬禮儀結合起來，要求不僅是在親人死後的每個七日，還要在百日、週年、三年這三個特別的日子也要爲親人營齋造福，以便親人能夠順利通過十殿閻羅分別管轄的地獄早日轉生樂處，這就形成了「十王齋」的喪葬儀式。此外，《佛說十王經》還提倡人們在生前每月兩日自己爲自己提前預修「十王齋」，以保證自己死後不墮地獄、得生淨土，這就叫做「生七齋」。

　　第三編「文學編」研究地獄觀念對中古敘事文學的影響以及文學作品中對地獄的表現。首先，佛教地獄觀念對中國小說的虛構敘事影響很大。由於中國小說受史傳文學影響甚巨，最初很多「地獄巡遊」故事是當作確實發生過的史實真事來「實錄」的。這些故事的作者或編者主觀上並沒有虛構的意圖，但是由於地獄本身就是虛幻的事情，地獄巡遊更是子虛烏有，所以他們對地獄詳細的描述就不能不被認為是出自想像與虛構。六朝地獄巡遊故事中的宗教敘事的「無意識」的虛構對唐代小說文體意識的覺醒，起到了重要的啟發作用和先導作用。

　　也正是由於這些客觀上的想像與虛構使這些小說成為六朝志怪的佼佼者，甚至置於唐人小說中也不遜色。所以我們說這些「地獄巡遊」故事是唐傳奇的先聲，是中國小說從「粗陳梗概」的魏晉志怪向「敘述宛轉，文辭華豔」的唐傳奇過渡的中間環節，已經為中國小說的成熟期的到來做好了準備。「地獄巡遊」故事是中國文學史乃至世界文學史上經久不衰的文學母題，它有基本固定的故事模式：暫死入冥（暫死或假死）——地獄審判——巡遊地獄——復活還魂——說明故事的傳說緣由。類似的故事在中國文學史上反復出現，例如六朝的「地獄巡遊」故事在唐後的文言小說中就頻頻再現，據張馥蕊的研究，宋朝洪邁的《夷堅志》的一百零三個故事中，就有拜訪死者的九個，死而復生的三十個，對地獄描寫的二十個，八幅陰司的畫面等等〔註16〕。而明代「三言二拍」中也有很多「地獄巡遊」故事，例如：《鬧陰私司馬貌斷獄》、《王大使威行部下，李參軍冤報前生》、《屈突仲任酷殺眾生，鄆州司馬冥全內侄》、《遲取券毛烈賴原錢，失還魂牙僧索剩命》等等。此外，還有著名的通俗小說《三寶太監下西洋記》。到了清代蒲松齡《聊齋誌異》和袁枚《子不語》中也有很多此類的故事。

　　閻羅王是印度婆羅門教中的地獄神。在佛教初傳中土的時候，它還不能與泰山府君抗衡，但是到了唐代它就取泰山府君而代之，成為地獄最高的主宰。閻羅王中國化的過程是佛教中國化的縮影，而這一縮影折射到文學史上就化作唐代小說、變文中的描寫閻羅地獄的作品。在這些作品中，我們看到了充滿人情世故和世俗色彩的閻羅世界。

　　中國地獄信仰及其文化內涵是一座冰山，這裏還只能窺見這冰山的一

〔註16〕〔法〕戴密微：《唐代的入冥故事》第137頁注3，見《敦煌譯叢》第1輯，甘肅人民出版社，1985年。

角，還有很多內容有待去探索研究。雖然有地獄觀念信仰的經典、文獻浩繁
蕪雜，其內容也是奧澀難懂令人望而生畏，但是我們應該聽取詩人維吉爾對
站在地獄門前的但丁的告誡：「到了此地，一切恐怖和畏怯都要放在腦後了。」
〔註 17〕

〔註17〕〔意〕但丁：《神曲》第三篇，第 12 頁，人民文學出版社，2002 年。

歴　史　編

第一章　先秦兩漢——中國固有的
冥界思想

　　「生年不滿百，常懷千歲憂」。人類千百年來一直爲死後的世界所困擾。天堂地獄觀念是中國民眾宗教信仰的重要組成部分，自古以來在廣大民眾中獲得廣泛認同並且流傳久遠。但是完整系統的地獄觀念實質上是通過佛教的東傳，由印度輸入中國的。季羨林先生在《印度文學在中國》一文中就曾指出：「我們當然不能說，在佛教傳入之前，中國就沒有陰間的概念。但是這些概念是渺茫模糊的、支離破碎的。把陰間想像得那樣具體，那樣生動，那樣組織嚴密，是印度人的創造。連中國的閻王爺都是印度的舶來品。」〔註1〕所以清理中國地獄觀念的發展演變，首先必須瞭解先秦以來，我們祖先關於生死、靈魂、鬼神和他界的觀念。這裏首先將就佛教輸入中國以前的「冥界說」進行一番考察。

第一節　先秦的生死觀與冥界說

　　現代考古證明，以鬼神崇拜爲核心的原始宗教起源於幾萬年前的舊石器時代晚期。在德國，人們發現至今4至10萬年前的尼安德特人的遺骸周圍，撒佈著紅色碎石片；在中國，發現距今約1.8萬年的山頂洞人的化石旁也撒佈有赤鐵礦的粉末。近現代一些處於原始階段的部落氏族，至今仍將赤鐵礦粉末或紅色碎石片比作凝固的鮮血，並認爲人的鮮血是靈魂寄居的所在，是生

〔註1〕　季羨林：《比較文學與民間文學》第 104 頁，北京大學出版社，1991 年。

命的源泉。中外如此相似，恐怕不是簡單的巧合。把死者的鬼魂與紅色粉末聯繫起來，應該是源於初民對於人死後流動的血液乾涸成塊，碎而成末的樸素認識。考古成果雖不能完全斷定距今幾萬年前的舊石器時代人類已經有了像後來鬼神崇拜那樣的宗教內容、儀式，也無法確認這種觀念是出於厭惡而加以限制的動機，還是出於敬畏而加以護祐的想法，但有一點是可以肯定的，人類隱隱約約的與屍體相聯繫的鬼魂觀念確乎是很早即已萌芽了。

　　在中國，鬼神觀念起源很早。在甲骨、金石文獻中，已經出現了「鬼」字，也有祭祀鬼神的記載。「神」的觀念是後起的。許慎《說文解字》釋「魌」字：「凡鬼之屬皆從鬼，古文從示，魌，神也。」〔註2〕可見「神」的觀念是從「鬼」觀念中引申出來的。《說文解字注》釋「鬼」：「人所歸爲鬼。」段玉裁注：「以疊韻爲訓，釋言曰：『鬼之爲言歸也。』」〔註3〕此乃音訓，是漢代人的解釋。關於鬼的原始意義，沈兼士在 1936 年所寫的《「鬼」字原始意義之試探》和葉舒憲的《「鬼」的原型——兼論「鬼」與原始宗教的關係》兩篇文章都做了精彩的分析與研究〔註4〕。無論「鬼」字最初的意義是什麼，它有人死後靈魂的意思是沒有問題的。正因爲遠古的人們相信死後靈魂不死，才會出現肉體死後，不死的靈魂的去向和歸宿的問題，從而也就產生了「冥界」乃至「地獄」的觀念。

　　考察先秦的「他界觀」，是一個有意義但十分困難的問題。余英時先生對此就曾說：「一個民族原始的死後世界觀往往反映了它的文化特色，並且對它的個別成員以後的思想和行爲也會發生一定程度的影響。困難，因爲中國古代文獻關於這一方面的記載並不豐富，而歷代經典注釋家又彼此分歧，因此頗不易整理出一個頭緒來。以中國的時間之長和地域之廣，我們也不能假定各時代、各地區的中國人自始便具有統一的死後世界觀。」〔註5〕「仙界」思想是「他界說」中的一個相對獨立的複雜問題，因此本文討論的「冥界」將不包括「仙界」，而主要是指「天上」與「地下」。

〔註2〕　〔漢〕許慎撰、〔清〕段玉裁注：《說文解字注・九篇上　鬼部》第 435 頁，
　　　　上海古籍出版社 1988 年。

〔註3〕　〔漢〕許慎撰、〔清〕段玉裁注：《說文解字注・九篇上　鬼部》第 434 頁，
　　　　上海古籍出版社 1988 年。

〔註4〕　沈文見王元化主編《釋中國》第四卷第 2547～2564 頁，上海文藝出版社，1998
　　　　年；葉文見《淮陰師範學院學報》1998 年第 1 期。

〔註5〕　余英時：《中國古代死後世界觀的演變》，見《燕園論學集》第 186～187 頁，
　　　　北京大學出版社，1984 年。

一、先秦的生死觀與「魂魄」二元論

在佛教傳入之前，中國沒有後世所謂的「地獄」觀念，在先秦諸子中影響較大的有儒、道、墨三家中。有關生死、鬼神的說法也十分混亂與龐雜。

儒家以人事爲重，把「事人」放在「事鬼」之先，對生死不加深究。

《論語・先進》：季路問事鬼神。子曰：「未能事人，焉能事鬼？」

敢問死。曰：「未知生，焉知死？」

《論語・述而》：子不語怪，力，亂，神。

《論語・雍也》：務民之義，敬鬼神而遠之，可謂知矣。

《論語・八佾》：祭如在，祭神如神在。子曰：「吾不與祭，如

不祭。」〔註6〕

儒家雖然對鬼神不願深究，卻又重視祭享，從上文所引《論語・泰伯》篇中對大禹的讚美就可見一斑。

道家對生死的看法則更加通達超脫。《莊子》標榜「死生齊一」。《齊物論》中說：「死生無變乎己，而況利害之端乎？」〔註7〕即認爲死生並無好壞利害的的分別。在《大宗師》中又說：「古之眞人，不知說生，不知惡死。」「夫大塊載我以形，勞我以生，佚我以老，息我以死。故善吾生者，乃所以善吾死也。」即認爲生是勞苦，死是安息。況且生像贅疣一樣，不值得高興；死如癰瘡潰敗，不值得可惜：「彼以生爲附贅懸疣，以死爲決疚潰癰」〔註8〕。既然『生』、『死』、『壯』、『老』各有至樂，因此生不足歡，死不足懼。

在《莊子・至樂》篇中又認爲天地萬物皆爲一氣之轉，氣聚而生，氣散而死：「氣變而有形，形變而有生，今又變而之死是相與春秋冬夏四時行也。」〔註9〕

儒道二家在對待生死、鬼神的問題上較爲理智，是學者精英階層的觀念；諸子中只有墨家尊天明鬼，接近民眾的思想意識，他又強調以此來治民濟世，有神道設教的意味。墨子認爲鬼神可以「賞賢而罰暴」。《墨子・明鬼》中，例舉杜伯、莊子儀等鬼魂報怨的故事來證明鬼神實有及其賞善罰惡。在《貴

〔註6〕 以上四條分別見《四書章句集注》第 125、98、89、64 頁，中華書局，1983年。

〔註7〕 郭慶藩：《莊子集釋・齊物論》第 96 頁，中華書局，1961 年。

〔註8〕 郭慶藩：《莊子集釋・大宗師》第 229、242（262）、268 頁，中華書局，1961年。

〔註9〕 郭慶藩：《莊子集釋・至樂》第 615 頁，中華書局，1961 年。

義》、《尚同中》、《尚賢中》等篇中，墨子反復強調三代帝王之所以能夠化治天下，關鍵在於他們都能尊天事鬼，能「明天鬼之所欲，而避天鬼之所憎」(《尚同中》) 〔註10〕。要指出的是，這裏墨子將「天」與「鬼」並稱，並用其概括所有的神祇，由此可以看出當時神鬼不分的現象。在墨子看來，鬼具有超人的力量，可以對人的行為進行公正賞罰。由此可以看出，在先秦，還沒有後世的地獄觀念，在某些人看來，鬼是人的審判者，還不是地獄中被懲罰的那種可憐相。

除上述諸子外，在先秦的典籍中《左傳》、《國語》、《管子》、《晏子》、《戰國策》、《呂氏春秋》、《楚辭》、《山海經》等，也頗能反映當時一般民眾的鬼神觀念。先秦思想中，周世的「魂魄說」對當世和後世的「冥界說」都有深遠的影響。

周世最早談到「魂魄」的大概應是《周易》。《易·繫辭上》中說：

> 仰以觀於天文，俯以察於地理，是故知幽冥之故。原始返終，故知死生之說。精氣為物，遊魂為變，是故知鬼魂之情狀。〔註11〕

《左傳·昭公七年》：

> 及子產適晉，趙景子問焉：「伯有能為鬼乎？」子產曰：「能。人生始化曰魄，陽曰魂。用物精多則魂魄強，是以有精爽，至於神明。匹夫匹婦強死，其魂魄猶能馮依於人，以為淫厲。」〔註12〕

《楚辭·招魂》：

> 帝告巫陽曰：「有人在下，我欲輔之。魂魄離散，汝筮予之。」

〔註13〕

《禮記·郊特性》〔註14〕：

> 魂氣歸於天，形魄歸於地。故祭求諸陰陽之義也。〔註15〕

〔註10〕 吳毓江：《墨子校注》第 118 頁，中華書局，1993 年。
〔註11〕 李學勤主編：《十三經注疏·周易正義》第 266～267 頁，北京大學出版社，1999 年。
〔註12〕 李學勤主編：《十三經注疏·春秋左傳正義》第 1248～1249 頁，北京大學出版社，1999 年。
〔註13〕 朱熹：《楚辭集注》第 134 頁，上海古籍出版社，1979 年。
〔註14〕 關於《禮記》的年代，學界的觀點存在分歧，在此權且將其作為反映先秦思想的典籍。
〔註15〕 李學勤主編：《十三經注疏·禮記正義》第 817 頁，北京大學出版社，1999 年。

《禮記・祭義》：

　　　　宰我曰：「吾聞鬼神志明，不知其所謂。」子曰：「氣也者，神
　　之盛也。魄也者，鬼之盛也。合鬼與神，教之至也。眾生必死，死
　　必歸土，此之謂鬼。骨肉斃於下，陰爲野土。其氣發揚於上，爲昭
　　明，焄蒿悽愴，此百物精也。」〔註16〕

由以上的引文可以看出，「鬼神」與「精氣」和「魂魄」有關。而且「魄」爲
陰，「魂」爲陽。同時與魂、魄相對應的一對概念是「骨肉」和「魂氣」。因
此「魂」與「氣」同類，爲「陽」，屬於「天」；「形（骨肉）」與「魄」同類，
爲陰，屬於地。又由《禮記・祭義》中所說：「氣也者，神之盛也。魄也者，
鬼之盛也。」可知魂氣盛者爲「神」，形魄盛者爲「鬼」。魂氣屬天，所以祭
祀時要實牲於柴，燔燎之，使氣上聞，所謂「燔燎羶薌，見以蕭光，以報氣
也」（《禮記・祭義》）〔註17〕；形魄爲陰，魄盛爲鬼，鬼屬地，在下，因而祭
祀時須「薦黍稷，羞肝、肺、首、心，見閒以俠甒，加以鬱鬯，以報魄也」（《禮
記・祭義》）〔註18〕。

　　除《周易》、《左傳》和《禮記》這一系統外，《管子》、《列子》〔註19〕中
也討論了人之精氣魂魄問題。《管子》之說大略同於《禮記》。《列子》所代表
的道家則不言「魂魄」，而講「形氣」。其實道家所言「形氣」就是「魂魄」，
只是道家的生死觀較爲超脫，認爲人死後精神、骨肉離散，因而不復再有「我」
之存在，那麼也就沒有了鬼魂的問題。孔穎達解《左傳・昭公七年》中子產
所言時說：

　　　　附形之靈爲魄，附氣之神爲魂。附形之靈，謂初生之時，耳目
　　心識，手足運動，啼呼爲聲。此則爲魄之靈也；附氣之神者，謂精
　　神性識，漸有所知。此則附氣之神也。是魄在於前，而魂在於後。
　　故云既生魄，陽曰魂。〔註20〕

〔註16〕李學勤主編：《十三經注疏・禮記正義》第1324～1325頁，北京大學出版社，
　　　　1999年。

〔註17〕李學勤主編：《十三經注疏・禮記正義》第1327頁，北京大學出版社，1999
　　　　年。

〔註18〕李學勤主編：《十三經注疏・禮記正義》第1327頁，北京大學出版社，1999
　　　　年。

〔註19〕有關《列子》的成書年代，學界也是眾說紛紜，這裏也暫將其列爲先秦的典
　　　　籍。

〔註20〕李學勤主編：《十三經注疏・春秋左傳正義》第1248頁，北京大學出版社，
　　　　1999年。

由此可以看出,「魂魄」相對於肉體而言,又都是虛的、精神性的,是指存在於人體中支配人的思想與肉體的精神或意識。將人的精神分成魂魄兩種與先秦盛行的陰陽二元觀念是有密切聯繫的。原始人見萬物萬象都有正反兩方面,這種兩極的現象普遍於一切,於是形成陰陽二元觀念。陰陽其實即表示正負。隨著人們對事物認識的進步,發現一切變化皆起於正反陰陽之對立,陰陽對立乃是事物變化的原因,於是就認為陰陽乃生物之本,萬物未有之前,先有陰陽,向上推,更進而認為陰陽未分之時,那個化生陰陽的之體,即是宇宙究竟之本體。

先秦典籍中關於「魂魄」有如此之多的記載,足以證明「魂魄」說是當時十分盛行的一種觀念。在除儒家、道家外,一般民眾的心目中,人死後,魂盛者上升於天為神;魄盛者則留於地,為鬼屬。然而無論神鬼,皆能禍福於人,所以人們必須恭敬祭祀,以祈福禳災。

二、先秦的冥界說

由於先秦盛行的「魂魄」二元論,導致了人死後有上下兩種去向:一為魂盛者上升於天,或為星辰五行之神,或在天帝左右;一為魄盛者留處於地下或黃泉下。這兩種冥界說在先秦的各種典籍中都可以找到印證。

(一)有關魂盛者死後昇天的記載

殷商甲骨文中已有人死後昇天的記載:

> 甲辰卜,**殼**貞,下山賓於帝。
> 貞咸不賓於帝。
> 貞帝於王亥。
> 帝黃夾三犬。

下樽、咸、王亥與黃家都是人名,皆為殷之先祖。「賓於帝」即昇天在天帝左右的意思。「帝於王亥」,「帝、黃夾三犬」是指以祭天的禮儀祭之。由此可見,人死昇天的觀念在殷商就早已有之。

周人繼承殷人的觀點,也認為魂盛者可以昇天。金文資料中記載人死後昇天的有西周的《大豐𣪘(簋)》、《宗周鍾》與東周的《叔向父𣪘》、《番生𣪘》等。文中有「事喜上帝」、「文王德在上」、「其嚴在上」、「嚴在上」等語,都是讚美其父祖威靈在天上,可以降福子孫。這是祖先崇拜的表現,也可以證明周人有魂盛者昇天的觀念。

另外，《詩經》中也有很多有關魂盛者昇天的材料。

《詩‧大雅‧文王之什》：

> 文王在上，於昭於天；周雖舊邦，其命維新。有周不顯，帝命
> 不時。文王陟降，在帝左右。〔註21〕

《詩‧周頌‧清廟》：

> 於穆清廟，肅雝顯相。濟濟多士，秉文之德，對越在天。駿奔
> 走在廟，不顯不承，無射於人斯。〔註22〕

《詩‧大雅‧下武》：

> 下武維周，世有哲王。三后在天，王配于京。（三后指大王、王
> 季、文王）〔註23〕

《逸周書‧太子晉解第六十四》：

> 王子（晉謂師曠）曰：然。吾後三年，上賓於帝所。〔註24〕

《左傳‧昭公元年》子產講了一個神話故事：

> 子產曰：「昔高辛氏有二子，伯曰閼伯，季曰實沈。居於曠林，
> 不相能也。日尋干戈，以相征討，后帝不臧，遷閼伯於商丘，主辰。
> 商人是因，故辰為商星。遷實沈於大夏，主參。唐人是因，以服事
> 夏、商……由是觀之，則實沈，參星也。」〔註25〕

這裏就說明古人認為人死後可以昇天上為列星，為神。

《莊子‧大宗師》：

> 黃帝得之（道），以登雲天；顓頊得之，以處玄宮；……傅說得
> 之，以相武丁，奄有天下，乘東維，騎箕尾，而比於列星。〔註26〕

《禮記‧祭法》：

> 祭法，有虞氏禘黃帝而郊嚳，祖顓頊而宗堯。夏后氏亦禘黃帝

〔註21〕 李學勤主編：《十三經注疏‧毛詩正義》第 956～957、頁，北京大學出版社，
　　　　1999 年。

〔註22〕 李學勤主編：《十三經注疏‧毛詩正義》第 1281～1282 頁，北京大學出版社，
　　　　1999 年。

〔註23〕 李學勤主編：《十三經注疏‧毛詩正義》第 1046 頁，北京大學出版社，1999
　　　　年。

〔註24〕 《四庫全書》史部別史類，《逸周書》卷九。

〔註25〕 李學勤主編：《十三經注疏‧春秋左傳正義》第 1158～1160 頁，北京大學出
　　　　版社，1999 年。

〔註26〕 郭慶藩：《莊子集釋‧大宗師》第 247 頁，中華書局，1961 年。

而郊鯀，祖顓頊而宗禹。殷人禘嚳而郊冥，祖契而宗湯。周人禘嚳

而郊稷，祖文王而宗武王。〔註27〕

「禘」是一種祭天的禮儀，有虞氏、夏后氏、殷人和周人在祭昊天上帝的時候，配祭自己的祖先。結合上引諸文中的「文王在上」、「在帝左右」、「三后在天」、「上賓於帝所」，以及闕伯、實沈、傅說死爲列星的故事，我們可以得出這樣的結論：先秦時代，人死後魂上天爲神的觀念普遍存在。

那麼是不是什麼人都可以昇天呢？大概在原始社會，魂升魄降的說法具有一定的普遍意義，人人死後皆是魂氣昇天、形魄入地。但是到了階級社會，人有了高低貴賤之分，死後昇天就有了前提——「魂盛」。魂盛者只限於帝王和公卿貴族。蕭登福先生曾引用《左傳·成公十年》所載晉侯將死時，小臣「有晨夢負公以登天」〔註28〕以及《楚辭·九章·惜頌》：「昔余夢登天兮，魂中道而無杭。吾使厲神占之兮，曰：『有志極而無旁。』」〔註29〕等材料，來證明小臣與厲也可以登天〔註30〕。其實《楚辭》中說在天上的是「厲神」，並非一般的「厲」，他已經是神靈，自然位居天上。二者似不應混淆。《左傳》中言小臣作夢登天，並沒有講他事實上死後登天了。小臣地位卑賤，在當時的社會條件下，幾乎沒有人身權利（被當作人牲殉葬），即便是他可以登天，也是作爲晉侯的附屬品而登天的。況且眾多的典籍中只有這一條可以證明小臣也可以死後登天，而從大多數材料中則只能得出死後登天的只有「魂盛者」即帝王和貴族。《越絕書》十三〈枕中篇〉中記載范蠡回答越王問魂魄事時說：

魄者主賤，魂者主貴。當安靜而不動，魂者方盛。……故觀其魂魄，即知歲之善惡矣。〔註31〕

這裏明言魂魄有貴賤之分，雖然每個人的靈魂都是由魂魄二者組成，但是只有身份地位尊貴的帝王和貴族才是「魂盛者」，才可以昇天。關於這個問題，饒宗頤先生也認爲：「魂有知而魄無知，凡民之魂不能上升於天，而又無所不

〔註27〕李學勤主編：《十三經注疏·禮記正義》第 1292 頁，北京大學出版社，1999年。

〔註28〕李學勤主編：《十三經注疏·春秋左傳正義》第 743 頁，北京大學出版社，1999年。

〔註29〕朱熹：《楚辭集注》第 76 頁，上海古籍出版社，1979 年。

〔註30〕蕭登福：《先秦兩漢冥界及神仙思想探原》第 26 頁，（臺北）文津出版社，1990年。

〔註31〕四部叢刊本《越絕書》十三〈枕中篇〉。

之，故楚巫有禮魂和招魂之俗。」〔註32〕

（二）有關魄盛者留處於地的記載

先秦典籍中，一般用「地下」、「黃泉」、「九原」、「蒿里」、「幽都」等詞語來表示人死後留處於地的觀念。

《左傳·隱公元年》：

> （鄭莊公怨恨其母助弟為亂）誓之曰：「不及黃泉，無相見。」

〔註33〕

《管子·小匡篇》：

> 管仲再拜稽首曰：「應公之賜，殺之黃泉，死且不朽。」〔註34〕

《呂氏春秋·當務篇》：

> 故（盜跖）死而操金椎以葬，曰：「下見六王、五伯，將敲其頭矣。」〔註35〕

《禮記·檀弓下》：

> 趙文子與叔譽觀乎九原，文子曰：「死者如可作也，吾誰與歸。」

〔註36〕

《左傳·隱公元年》所記的「黃泉」是須「闕地及泉」的，可見其在地下。服虔注云：「天玄地黃，泉注地中，故曰黃泉。」至於《禮記·檀弓》中提到的「九原」其實是晉國卿大夫的墓地，所以可知也指地下。後世所謂「九泉」，似即由「九原」、「黃泉」演化而來。

在先秦典籍中，「蒿里」與「幽都」也指人死後留處地下的歸宿。

戰國時期宋玉的《對楚王問》：

> 客有歌於郢中者，其始曰《下里》、《巴人》，國中屬而和者，數千人。其為《陽阿》、《薤露》，國中屬而和者，數百人。其為《陽春》、《白雪》，國中屬而和者，不過數十人。……〔註37〕

晉崔豹《古今注》：

〔註32〕饒宗頤：《中國宗教思想史新頁》第48～49頁，北京大學出版社，2000年。

〔註33〕李學勤主編：《十三經注疏·春秋左傳正義》第55頁，北京大學出版社，1999年。

〔註34〕李逸注譯：《管子今譯今注》第385頁，（臺灣）商務印書館，1988年。

〔註35〕張雙棣等：《呂氏春秋譯注》第303～305頁，吉林文史出版社，1986年。

〔註36〕李學勤主編：《十三經注疏·禮記正義》第323頁，北京大學出版社，1999年。

〔註37〕蕭統：《文選》卷四十五，第1999頁，上海古籍出版社，1986年。

《薤露》、《陽阿》，並喪歌也。出田橫門人。橫自殺，門人傷之，
為之悲歌。言人命如薤上之露，易晞滅也；亦謂人死魂魄歸於蒿里。
故有二章。一章曰：「薤上朝露何易晞，露晞明朝還復滋，人死一去
何時歸？」其二曰：「蒿里誰家地？聚斂魂魄無賢愚，鬼伯一何相催
促，人命不得少踟躕。」至孝武時，李延年乃分為二曲：《薤露》送
王公、貴人；《蒿里》送士大夫、庶人，使挽柩者歌之，世呼為輓歌。
〔註38〕

《蒿里》（即《下里》）、《薤露》是漢世著名的輓歌，而宋玉在對楚王問時，
就已提及，這說明這兩首輓歌在戰國時的楚國就已很流行，也說明「蒿里」
至少在戰國末期就已被人們認為是人死後的歸處。「蒿里」是泰山附近的小
山，魂歸蒿里與後世的「泰山治鬼」說關係密切，當是兩漢「泰山治鬼」說
的淵源之一。

《楚辭‧招魂》：

魂兮歸來！君無下此幽都些！土伯九約，其角觺觺些。敦脄血
拇，逐人駓駓些。參目虎首，其身若牛些。此皆甘人。歸來歸來！
恐自遺災些！〔註39〕

王琦注曰：「幽都，地下后土所治也。地下幽冥，故稱幽都。」鬼魂歸地下幽
都的觀念大約來源於上古土葬「骨肉弊於地」的直覺聯想。

《山海經‧西山經》：

崑崙之丘，實唯帝之下都。神陸吾司之，其神狀虎身而九尾，
人面而虎爪。是神也，是司天之九部及帝之囿時……〔註40〕

《山海經》中提到「鬼」與「鬼」有關的神靈怪物，大都集中在「崑崙」及
其周圍地區。這些內容多見於〈西山經〉、〈海內經〉、〈大荒北經〉等。上引
《山海經‧西山經》說「崑崙」是「帝之都」，畢沅注云：「帝者，黃帝。」

關於崑崙的地望與黃帝的族裔是向來聚訟紛紜的公案。關於崑崙山究竟
在何處，古籍中的記載十分混亂。《藝文類聚》中引了 12 種書籍對崑崙的說
法，而《太平御覽》引用各類書籍對崑崙的說法又有 27 種之多。古今學者

〔註38〕 崔豹：《古今注》卷中〈音樂〉第三，《漢魏六朝筆記小說大觀》第 238 頁，
上海古籍出版社，1999 年。
〔註39〕 朱熹：《楚辭集注》第 2 頁，上海古籍出版社，2001 年。
〔註40〕 袁珂：《山海經校注》卷二，第 47 頁，上海古籍出版社，1980 年。

們對崑崙所處的地方有：西寧、肅州、海外、吐蕃、北印度等等說法〔註41〕。更有學者將崑崙落實爲泰山、祁連山、崑崙山、岡底斯山、巴顏喀喇山，甚至比附爲印度神話傳說中的須彌山和古巴比倫的空中花園〔註42〕。

而黃帝究竟是哪裏人，歷來也是眾說紛歧。《水經注・渭水》：「黃帝生於天水，在上邽城東七十里軒轅谷。」《史記・五帝本紀》索隱引皇甫謐語云：「（黃帝）長於姬水，以姬爲姓。」《路史》云：「黃帝都陳倉。」《太平御覽》卷五引《帝王世紀》云：「黃帝都有熊。」《史記・五帝本紀》索隱云：「黃帝都壽丘。」天水，即今之甘肅省天水市，秦時爲上邽縣。姬水，亦地名，在今陝西省。陳倉，即今之陝西省寶雞市。《水經・渭水》云：「渭水東過陳倉縣西。」注云：「黃帝都陳在此。」有熊，地名，今之河南省新鄭市。壽丘，地名，《史記・五帝本紀》正義云，「壽丘……今在兗州曲阜縣東北六里」。而更有學者認爲黃帝不是眞實的歷史人物，而是上古先民虛構的神話人物——雷神、日神、生殖神、水神等，甚至是黃土、女陰、獸皮、牛皮筏子和猿猴等〔註43〕。

這兩個問題都是複雜而難以斷定的問題，上古歷史距今久遠，因而缺少文獻記載，後代典籍的說法混亂而語焉不詳。對於這兩個問題，我比較傾向於崑崙即泰山的說法和黃帝生於壽丘，屬東夷族的觀點。

我們知道《山海經》中有許多關於崑崙周圍之鬼的記載，而《韓非子・十過》曰：「昔者黃帝合鬼神於泰山之上。」〔註44〕而且《博物志・地理略》中說：「地部之位起形高大者有崑崙山。廣萬里，高萬一千里。神物之所生，聖人仙人之所集也。……其山中應於天，最居中。」〔註45〕與《博物志・山》中所說崑崙山北有幽都的說法相結合來看，就會發現崑崙是一個溝通天地，神鬼集聚的地方，山上居住著諸神，山下是幽都。這與泰山拔地通天的性質是相同的。古人最隆重的祭天儀式要在泰山舉行，而且也有「泰山治鬼」的說法。雖然這個觀念要到兩漢才流行，但先秦就應該已開始萌芽。

其次，泰山就其地理位置而言，正是上古先民活動區域的中心。泰山所

〔註41〕參見安京：《休屠、崑崙與〈山海經〉》，《中國邊疆史地研究》1998年第1期。
〔註42〕參見齊昀：《黃帝與崑崙同源考》，《青海師範大學學報》1996年第2期。
〔註43〕參見吳廣平：《軒轅黃帝原型的破譯》，《青海師範大學學報》1995年第1期。
〔註44〕《韓非子》第64頁，北京燕山出版社，1995年。
〔註45〕四庫影印本《穆天子傳 神異經 十洲記 博物志》之《博物志》卷一第3頁下，上海古籍出版社，1990年。

在地古稱「齊州」。《爾雅·釋言》:「殷、齊,中也。」〔註46〕「齊」,古通「臍」。肚臍在人體中央,王引之《經義述聞》卷二十七:「人臍據腹之中央,故謂之齊。臍者,齊也。」《漢書·郊祀志》:「齊之所以為齊,以天齊也。」〔註47〕顏師古注曰:「如天之腹臍也。」泰山就是溝通天地的天之臍帶。這與《博物志·地理略》中對崑崙的描述:「其山中應於天,最居中」正好相符。呂思勉在《先秦史》第三章《民族原始》中也說:「吾國古代,自稱其地為齊州,濟水蓋以此得名。《漢書·郊祀志》曰:『三代之居,皆在河洛之間,故嵩高為中嶽,而四嶽各如其方。』以嵩高為中,乃吾族西遷後事,其初實以泰岱為中。」〔註48〕

再次,《淮南子·地形訓》:「禹掘崑崙虛以下地,中有增(層)城九重……旁有九井玉橫……是其疏圃。疏圃之池,浸之黃水。黃水三回復其原,是謂丹水,飲之不死。」〔註49〕這裏崑崙虛下的「九井」似即是「九泉」,而且也是黃水。這與「黃泉說」、「九泉說」也聯繫起來了。

因此,崑崙即泰山,泰山乃東夷族神話系統中的神山,東夷族的始祖黃帝曾都於曲阜(泰山腳下),他的宮殿就在泰山,也即崑崙附近(崑崙之丘,實唯帝之下都)〔註50〕。

如果泰山就是崑崙的推斷可以成立的話,那麼可以看出兩漢「泰山治鬼」的觀念即是上古東夷族「魂歸崑崙」思想的繼承與演變。

在先秦的冥界思想中,人死後有昇天和入地不同的去處,但是並沒有分化出專門管理冥界的神靈。冥界的主宰,依然是萬物的主宰——天(天帝)。上引諸條材料裏,我們可以看到,人死昇天者,是「賓於天」、「在帝左右」等。很明顯,其魂靈由「天」來管轄。至於死後入地者,考稽古籍我們也可以發現天帝治鬼的證據。《左傳·僖公十年》載晉惠公改葬共大子(申生),夷吾無禮,大子請於天帝以懲罰之,云:「夷吾無禮,余得請於帝矣,將以晉畀秦,秦將祀余。」又云:「帝許我罰有罪矣,敝於韓。」〔註51〕另外,

〔註46〕李學勤主編:《十三經注疏·爾雅正義》第56頁,北京大學出版社,1999年。

〔註47〕《漢書·郊祀志》第1202頁,中華書局,1962年。

〔註48〕呂思勉:《先秦史》第31頁,上海古籍出版社,1982年。

〔註49〕張雙棣:《淮南子校釋》第431頁,北京大學出版社,1997年。

〔註50〕泰山即崑崙說,何新在其《諸神的起源》中論之甚詳。《諸神的起源》,時事出版社,2002年。

〔註51〕李學勤主編:《十三經注疏·春秋左傳正義》第362、363頁,北京大學出版

《左傳·成公十年》：「晉侯夢大厲被髮及地，搏膺而踴曰：『殺余孫，不義。余得請於帝矣。』」〔註52〕從這些記載中，我們可以知道鬼亦由天帝來統轄，鬼雖有禍福生人的力量，但他也不能亂用，必須經過天帝的許可才行。

第二節　兩漢的生死觀與冥界說

　　先秦有《左傳》、《禮記》中所記載的「魂魄說」，又有道家的「氣生萬物說」。此二種觀點，雖有不同，但魂魄與氣關係密切，有相通之處，所以在戰國時期，兩種觀點就開始融和為一說。時至漢代，由於漢初推崇道家，黃老之學大行於世，於是在道家「氣生萬物說」的基礎上，綜合「魂魄說」和「陰陽五行觀念」形成了新的系統的學說。這種思想試圖以自然現象來解釋人體自身的內部構造，「以人配天」和窮究「天人之際」是其思想新的特色。這種嶄新的生命觀於劉安、韓嬰、董仲舒時即開始孕育，到班固時已集大成。然而，對冥界思想影響最大的還是其時對死後世界的看法。所以，我們重點來考察一下兩漢時期的典籍與出土文物中所反映的人們對生死問題的看法，以及由此而形成的冥界觀念。

一、兩漢對生死問題的看法

　　兩漢學者在繼承先秦學者觀點的基礎之上，形成的對人生死問題的看法，概括起來，大致有「死後有知」和「死後無知」兩種觀點。在漢世，凡認為死後有知覺者，皆主張厚葬久喪。他們所代表的是一般世俗的觀點，所實行的也不外乎儒家喪祭之禮。而主張死後無知，應薄葬短喪的觀點，在當時確實是卓然不群的。持這一態度的人較少。在西漢有楊王孫，東漢則有王充。

　　漢世的普通民眾一般都認為「死人有知，與生人無以異」。既然鬼亦有知，鬼的世界與人間亦應無異，飲食衣服器用的需要都與生人無異，那麼出於孝思就須要陪葬穀物、珍寶，「以歆精魂」，且「閔死獨葬，魂孤無副」，又須人作伴，所以「作偶人，以侍屍柩」。這種風氣後來流於「破家盡業，

社，1999 年。

〔註52〕李學勤主編：《十三經注疏·春秋左傳正義》第 742 頁，北京大學出版社，1999年。

以充死棺；殺人以殉葬，以快生意」〔註53〕，並且相競爲高，造成巨大的奢侈浪費。

王符《潛夫論·浮侈》：

> 京師貴戚，必欲江南檽梓豫章楩柟，……夫檽梓豫章楩柟，所
> 出殊遠，乃又生於深山窮谷，經歷山岑……求之連日……伐斫連
> 月……行數千里，然後到雒。功將雕治，積累日月。計一棺之成，
> 功將千萬。夫既其終用，重且萬斤，非大眾不能舉，非大車不能
> 能輓……此之費功傷農，可爲痛心！

> 今京師貴戚，郡縣豪家，生不及養，死乃崇喪。或至刻金鏤玉，
> 檽梓楩柟，良田造塋，黃壤致藏，多埋珍寶、偶人、車馬，造起大
> 冢，廣種松柏，廬舍祠堂，崇侈上僭……此無異於奉終，無增於孝
> 行，但作煩憂擾，傷害吏民。〔註54〕

漢世貴戚的葬埋已如此窮奢極侈，帝王皇室的喪禮、陵墓則更是繁冗複雜、軒昂壯麗。我們現在僅從《後漢書·禮儀志》中，就可以看出帝王由病至死至入棺下土的儀式和陪葬物非常的複雜繁瑣。《後漢書·祭祀志》中，可以看出漢朝的陵寢規制：除都城有廟外，墓地上還有廟——寢與便殿。寢是陳設帝王日常生活用具之處。整座陵寢事實上包括了墳陵、寢、便殿、吏舍及廣大的墓園。漢代人認爲人死後的地下生活，和陽世的活人一樣，因此舉凡殉葬的器物，陵寢的擺設，處處都與帝王生前一樣。《後漢書·祭祀志》中就說，陵寢殿上，「起居衣服象生人之具。」〔註55〕「廟日上飯，太官送用物」，宮女「隨鼓漏理被枕，具盥水，陳嚴具」〔註56〕云云。不僅如此，爲了照顧帝王的陰間生活，陵園還設有專人管理。據記載，掌管帝陵的有廟郎、寢郎、園郎、校長和食官令等，數目極多。僅侍妾、宮女，就有數百人之眾。由此我們可以看出漢人事死如生是怎樣的心態。

在漢代，上至帝王下至庶民，在喪葬問題上，無不竭盡物力、財力。造成這種厚死薄生的奇特現象的原因，歸根結蒂還是他們認爲人死後有知，陰

〔註53〕 黃暉：《論衡校釋》第961頁，中華書局，1990年。
〔註54〕 〔漢〕王符著，〔清〕汪繼培箋：《潛夫論箋校正》第134、137頁，中華書局，1985年。
〔註55〕 《後漢書·祭祀志》第3200頁，中華書局，1962年。
〔註56〕 《後漢書·祭祀志》第3200頁，中華書局，1962年。

間生活如同陽間，同時陰間生活來源靠陽間供奉。

　　兩漢堅持死後無知，應薄葬短喪者，前有楊王孫，後有王充。楊王孫對生死的看法來源於道家思想。他認為「死」是「終生之化而物之歸者也」。人死後，精神離形復歸於天，骸骨返歸於大地。屍體是無知無覺的，「費財厚葬」，對一個死無知覺的人來說，不僅無助，而且阻礙了屍體迅速返歸大自然。同時對死者的家屬來說，也是一大浪費。基於厚葬「死者不知，生者不得」這個理由，楊王孫主張裸葬〔註57〕。

　　王充對死亡的態度，主要集中在《論衡》之〈論死篇〉、〈死偽篇〉、〈訂鬼篇〉、〈薄葬篇〉、〈紀妖篇〉、〈祀義篇〉等篇中。〈論死篇〉開篇明義：「世謂死人為鬼，有知，能害人。試以物類驗之，死人不為鬼，無知，不能害人。」〔註58〕這一段話明確顯示了他對死亡所持的態度和看法。在其它篇目中，王充對此還有詳細申論。王充認為人是萬物之一，物死不能為鬼，人死亦不能為鬼（〈論死篇〉、〈死偽篇〉）。他還認為，人之所以能夠思考運動，是因為精氣血脈的緣故。人死後，形骸腐朽化為灰土，精氣離形而滅。精氣、形體既已朽滅，就不會有「鬼」的存在（〈論死篇〉）。他認為世人所見之鬼，並非死人的精氣魂魄，而是生人的思念、存想所形成的幻象（〈訂鬼篇〉）。針對周秦以來盛傳的許多鬼故事，他以細緻的論證逐一加以駁斥，證明它們都是牽強附會的傳說，經不住理智的考驗。因此王充反對淫侈奢華，主張薄葬短喪。二者尤其是王充的思想對後世影響甚大，在中國思想史上有著重要的地位。

二、兩漢的冥界觀

　　陳寅恪先生在《王靜安先生遺書》序中總結王國維先生治學的方法為：取地下實物與紙上之遺文互相釋證；取異族之故書與吾國之舊籍互相補正；取外來之觀念，與固有之材料互相參證乃是學術研究不可更易的指針〔註59〕。解放以後，漢墓發掘出土的有數量巨大且極有價值的文物。通過這些地下實物，結合原有文獻，我們可以揭開漢代冥界觀念的一些謎團。

　　在第一節中，我們提到「泰山」（蒿里）、「幽都」的信仰與觀念尚僅流傳

〔註57〕《漢書‧卷六十七楊王孫傳》，第2097～2099頁，中華書局，1962年。
〔註58〕黃暉等：《論衡校釋》，第871頁，中華書局，1990年。
〔註59〕陳寅恪：《陳寅恪集‧金明館叢稿二編》第247頁，三聯書店，2001年。

於楚國、齊國等東、南部地區，到漢時，則在全境內廣泛流傳。這是因為，漢朝的開國高祖及其部屬大都是楚國人，他們所持有的關於死後世界的看法，作為國家意識形態得到推廣。而楚族先民的故鄉原在北方黃河流域中、下游，楚族原屬東夷族。東夷族南遷後，必然會把黃河流域的風俗習慣、宗教觀念帶到南方，這其中自然包括鬼魂歸山的觀念。作為楚文化經典之一的《九歌·山鬼》，其主旨亦與鬼魂歸山有關。與楚近鄰的巴蜀人也有死者鬼魂歸山的觀念，此觀念也許就是在楚人鬼魂歸山觀念影響下形成的。

對於這一段演變過程，我們可以在漢墓出土的文獻文物中看出一些端倪。長沙馬王堆一號漢墓出土的 T 字形彩繪帛畫——「非衣」，讓我們窺見漢初人們冥界觀念的特點。「非衣」表現的內容可分為「天上」、「往天途中」、「人間」及「地下幽都」四部分。「天上」繪有女媧、嫦娥、烏鴉、蟾蜍、龍、豹等人物祥瑞，是一個神靈的世界。而「最下層的地下世界則是一個『水府』，大概與『黃泉』、『九泉』的觀念有關」〔註60〕。除此之外，馬王堆三號漢墓，也有「非衣」出土，所繪內容與一號墓幾乎一樣。另外，金雀山九號漢墓的帛畫，雖然樣式與馬王堆不同，轉變為長條形的魂幡式，內容上增加了「歷史故事」一項，但也有「天上」、「人間」和「地下幽都」三個部分。由此可以推知，漢代人延續先秦的觀念，認為人死後有「天上」、「地下」兩個歸處。「非衣」、「帛畫」中都畫著墓主的靈魂正在升往天上。由墓主的身份——馬王堆一號墓墓主是軑侯利蒼之妻、三號墓的墓主是利蒼之子——可以看出在漢初，依然承襲著周世的冥界觀，靈魂可以昇天的只能是帝王公侯和方士、神仙（戰國到兩漢方仙道和神仙說盛行），而一般的民眾死後只能去往黃泉地下。當然，並非所有的達官貴人都能夠死後昇天，但是他們即便到了黃泉地下，地下的生活依然是陽間生活的延續，他們的權位和財勢一如在人間，仍然奴僕成群，生活奢華。王公貴人的墓中出土有大量的殉葬品——珍寶器物、雞鴨穀物，還有奴僕俑人。而貧賤的人依然過著貧賤的生活，他們繼續從事生前的搖船、駕車、耕種等工作，並且仍有勞役、課稅之事。

那麼「非衣」、「帛畫」中的「地府」是指哪裏呢？兩漢的文獻、文物上所傳達的信息是瑣碎的、不成系統的。東漢《太平經》中提到人死後歸「土府」；《後漢書·烏桓傳》中說：「中國人死者魂神歸岱山也」。由此可以推知，

〔註60〕余英時：《中國古代死後世界觀的演變》，見《燕園論學集》第 186～187 頁，北京大學出版社，1984 年。

在東漢，「土府」即指「泰山」。那麼西漢呢？

我們在第一節中，提到在戰國時楚國就有「魂歸蒿里」的說法，而蒿里卻是泰山腳下的一座小山〔註61〕。由此「魂歸蒿里」的說法與泰山就有了瓜葛。漢時載籍裏有關「蒿里」的材料如下：

《漢書》卷六〈武帝紀〉：

> （太初元年）十二月，禮高里，祠后土。〔註62〕

《漢書》卷六十三〈武五子傳〉記載武帝子廣陵厲王胥將自殺的時候所吟的歌：

> 欲久生兮無終，長不樂兮安窮！奉天期兮不得須臾，千里馬兮駐待路。黃泉下兮幽深，人生要死，何爲苦心！何用爲樂心所喜，出入無悰爲樂亟。蒿里召兮郭門閭，死不得取代庸，身自逝。〔註63〕

東漢殉葬瓦盆內之文字：

> 熹平三年，……敢告移丘丞墓柏、地下二千石、東冢侯、西冢伯、地下擊犆卿、耗里伍長等……〔註64〕

漢代這些記載中，「蒿里」、「高里」、「下里」等所指相同，「蒿」、「高」、「耗」都是近音通假。《漢書》卷六十三〈武五子傳〉和輓歌《下里》中，我們知道蒿里神是掌管召人魂魄的，又稱作「耗里伍長」、「蒿里君」、「中蒿長」等。在地下，蒿里神的地位是在泰山神之下的、這正說明有關蒿里的傳說，是在泰山信仰的影響下形成的。漢代的這些文獻記載也與楚人是東夷族的後人有關。在先秦，掌治鬼神者爲天帝，這種觀念直到漢魏時期仍然有遺留，如漢樂府《烏生》：

> 烏死，魂魄飛揚上天。〔註65〕

這說明治鬼之權，由天帝轉移到泰山神那裏，應是後起的說法，這與東夷族、楚國的文化在漢世成爲主流有關，也與泰山本身是溝通天地的「天臍」觀念有關，更與秦漢時盛行封禪泰山有關。

顧炎武《日知錄》卷三十「泰山治鬼」：

〔註61〕《漢書‧武帝紀》第199頁，伏儼、顏師古注，中華書局，1962年。
〔註62〕《漢書‧武帝紀》第199頁，中華書局，1962年。
〔註63〕《漢書》卷六十三〈武五子傳〉，第2762頁，中華書局，1962年。
〔註64〕蕭登福：《先秦兩漢冥界及神仙思想探原》第168頁，（臺北）文津出版社，1990年。
〔註65〕逯欽立：《先秦漢魏晉南北朝詩》漢詩卷第九，第258頁，上海古籍出版社，1983年。

　　嘗考泰山之故。仙論起於周末，鬼論起於漢末。《左氏》、《國語》未有封禪之文，是三代以上無仙論也。《史記》、《漢書》未有考鬼之說，是元、成以上無鬼論也。《鹽鐵論》云：「古者庶人魚菽之祭，士一廟，大夫三，以時有事於五祀，無出門之祭。今富者祈名嶽，望山川，椎牛擊鼓，戲倡舞像。」則出門進香之俗，已自西京而有之矣。自哀、平之際，而讖緯之書出，然後有如《遁甲開山圖》所云：「泰山在左，亢父在右，亢父知生，梁父主死」。《博物志》所云：「泰山一曰天孫，言為天帝之孫，主召人魂魄，知生命之長短」者。其見於史者，則《後漢書‧方術傳》：「許峻自云，嘗篤病，三年不愈，乃謁泰山請命。」《烏桓傳》：「死者神靈歸赤山，赤山在遼東西北數千里，如中國人死者，魂神歸泰山也。」《三國志‧管輅傳》：「謂其弟辰曰：但恐至泰山治鬼，不得治生人，如何？」而古辭《怨詩行》云：「齊度游四方，各繫泰山錄。人間樂未央，忽然歸東嶽。」陳思王《驅車篇》云：「魂神所繫屬，逝者感斯征。」劉楨《贈五官中郎將》詩云：「常恐游岱宗，不復見故人。」應璩《百一》詩云：「年命在桑榆，東嶽與我期。」然則鬼論之興，其在東京之世乎？

　　或曰：地獄之說，本於宋玉《招魂》之篇。長人、土伯，則夜叉、羅剎之倫也。爛土、雷淵，則刀山、劍樹之地也。雖文人之寓言，而意已近之矣。於是魏晉以下之人，遂演其說，而附之釋氏之書。昔宋胡寅謂閻立本寫地獄變相，而周興、來俊臣得之以濟其酷。又孰知宋玉之文，實為之祖。孔子謂「為俑者不仁」，有以也夫。

〔註66〕

既然泰山是溝通天地的「天臍」，又是「天」的孫子，所以天帝將治鬼的權力交給他也就順理成章。

　　兩漢冥界觀念中「泰山治鬼」說對後世影響甚大。後世很長一段時間內，在各種文獻中，佛教的「閻羅」都用「泰山府君」來代稱，可見其觀念之深入人心。以致後來唐代以後的民間信仰中「十殿閻羅」的十王中仍有一個叫作「泰山王」的掌管「熱惱地獄」。

　　但是，上文我們已經論證，鬼神信仰起源很早，並非遲至漢末方才興起。

〔註66〕〔清〕顧炎武著，〔清〕黃汝成釋：《日知錄集釋》第1718～1719頁，上海古籍出版社，1985年。

「泰山治鬼」的觀念並不如顧炎武所說遲至東漢才產生，由上引戰國時期宋玉《對楚王問》以及相關材料，我們可以看出至少在戰國時期就已有將泰山當作「冥神」的觀念了，甚至在更早的東夷族的「崑崙幽都」的神話中就有萌芽。

　　另外，漢代的冥界觀念中「冥河」觀念也很有意思，對後世的地獄觀的形成也有很大影響。近世出土的漢墓中，發現了許多殉葬用的船，如：廣州沙河區後漢墓出土的陶製的船、廣州黃帝岡漢墓出土的木製船、湖北江陵鳳凰山出土的船一艘和船工六名（六個木製偶人）等，這些船是供給死者作地下世界的交通工具之用的。這些都與「冥河」觀念有關。「冥河」是劃分陰陽兩界的河，這種觀念起於何時，已難詳考，但漢畫像石中，已經出現了「死人河」。漢世「死人河」──「冥河」的記載，資料闕略。《太平經》卷一百十二說「有過死謫作河梁誡」〔註67〕，是講有罪之囚，死後在地下世界作築河梁之苦役。「冥河」觀念與先秦的「黃泉」說應有關係，此後的道教經典中常以泉曲、十二河源為地獄所在，似也與此有關。這個「冥河」就是後世地獄觀念之中的「奈河」，「奈河」是分割地獄與人間的界河，在這條河流之上還有一座「奈河橋」。唐張讀《宣室志》卷四「董觀」條中講僧靈習死後勾董觀去地府，「行十餘里，至一水，廣不數尺，流而西南。觀問習，習曰：『此俗所謂奈河。其源出於地府。』觀視其流水，皆血而腥穢不可近。」〔註68〕奈河的故事流傳久遠，此後，宋《夷堅志》、清《聊齋誌異》、《子不語》等小說中都有不少入冥故事中提到過「奈河」。

　　先秦兩漢的冥界觀是在佛教尚未傳入中土以前的中國固有的冥界思想。通過以上討論，我們可以肯定，在佛教輸入之前，中國本土已產生類似「天堂」、「地獄」的冥界思想，但是十分凌亂無系統，且尚沒有罪惡懲罰的觀念意識。應該說這時中國還未形成完整的地獄觀念。

　　上古先秦各部族都有自己的神話系統，有些已經湮沒無聞，難以考稽。在長期的歷史發展過程中，可能在同一時間內，不同地域存在著眾多的互不相關的冥界信仰。即使到了漢代也很難說已有了全國統一的冥界觀。我們已經很難復原當時的原貌，只能勾出對後世產生過重要影響的一些觀念。

〔註67〕王明：《太平經合校》第 573 頁，中華書局，1960 年。
〔註68〕張讀《宣室志》卷四，見《唐代筆記小說大觀》（下）第 1018 頁，上海古籍出版社，2000 年。

　　兩漢之際，由於佛教開始由西域傳入中國，經過數百年的發展，魏晉時期開始進入普通民眾和知識階層的精神生活。佛教帶來的南亞和中亞的地獄觀念深刻地影響著此後的中國地獄觀的形成。在魏晉南北朝這三百多年間，外來的地獄觀念與本土固有的冥界思想相互作用下，中國完整的地獄觀開始逐漸形成起來。

第二章　魏晉六朝──佛教地獄觀與中國冥界說的衝突與融合

　　魏晉六朝時期是佛教開始眞正影響中國文化的時期。佛教精緻的哲學理論吸引並征服了士人階層，而它的天堂地獄的信仰卻對戰亂動蕩中掙扎的普通民眾格外具有吸引力。生活在這個中國分裂時間最長，最黑暗痛苦的時期的人們希望擺脫現實的苦難，渴求安寧美好的生活，天堂地獄的信仰讓他們獲得精神上的解脫和慰藉。正因爲如此，佛教地獄信仰吸引了大批信徒。而佛教地獄信仰的盛行的同時，在外來宗教的刺激下剛剛獲得自覺、得以確立的道教，也在中國固有的冥界思想的基礎上，吸收佛教地獄觀的思想因素，形成更具本土色彩的地獄觀念。

第一節　魏晉六朝時期佛教的地獄觀

一、魏晉六朝時期佛教的地獄經典的傳譯

　　公元前後佛教傳入中國，對中國的文化、信仰以及社會生活諸多方面，帶來重大的影響。佛教的地獄觀念，也隨著佛經的傳譯被輸入了中國。

　　有關地獄經論的譯述早在東漢桓、靈二帝的時候，安世高便譯有《佛說十八泥犁經》、《佛說罪業應報教化地獄經》等。稍後靈、獻之時，支婁迦讖所譯《道行般若經》中有〈泥犁品〉，康巨《問地獄事經》等。隨著這些經典的傳佈，佛教的地獄思想，便逐漸被國人認識、接受和認同。

　　自此以後，有關地獄的佛典翻譯陸續還有很多，這些經論或專章、或通書講論地獄，如三國・吳康僧會譯《六度集經》卷一、卷三、卷五；吳支謙譯《大明度經》卷三〈地獄品〉、《撰集百緣經・餓鬼品》；吳維祇難譯《法句經》卷下〈地獄品〉；

　　西晉法力、法炬譯《大樓炭經》卷二〈泥犁品〉（勘同《長阿含經・四分四紀品》）、《法句譬喻經》卷一及卷三；法炬譯《佛說慢法經》；竺法護譯《修行地道經》卷三《地獄品》、《方便般尼洹經》卷下《度地獄品》、《密集金剛力士經》、無羅叉譯《放光般若經》卷九《泥犁品》等。

　　東晉以後，有關地獄的經典的傳譯則更多。其中重要的有：

　　東晉・僧迦提婆譯《三法度論》卷下〈依品〉、《增一阿含經》卷二十四〈善聚品〉、《中阿含經》卷十二〈天使經〉；曇無蘭譯《佛說四泥犁經》、《佛說鐵城泥犁經》、《佛說泥犁經》、《五苦章句經》、《佛說自愛經》；佚名譯《惡鬼報應經》。

　　苻秦・鳩摩羅佛提譯《四阿含暮鈔解》卷下。曇摩蜱、竺佛念譯《摩訶般若鈔經》卷三〈地獄品〉。

　　姚秦・佛陀耶舍、竺佛念譯《長阿含經》卷十九〈世紀經地獄品〉；鳩摩羅什譯《小品般若婆羅蜜經》卷三〈泥犁品〉、《十住毗婆娑論》、《大智度論》卷一及卷十四。佛陀跋陀羅《佛說觀佛三昧海經》卷五〈觀心佛品〉。

　　北涼・曇無讖《悲華經》卷七〈諸菩薩本授記品〉。

　　劉宋・求那跋陀羅譯《佛說罪福報應經》、《佛說輪轉五道罪福報應經》、《雜阿含經》；僧伽跋摩譯《分別報略經》；慧簡《佛說閻羅王五天使者經》；佚名譯《因緣僧護經》。

　　元魏・般若流支《正法念處經》〈地獄品〉；慧覺譯《賢愚經》卷四〈出家功德師利苾提品〉。

　　梁寶唱、僧旻撰《經律異相》卷四十九及五十〈地獄部〉。

　　陳・眞諦《佛說立世阿毗曇論》卷八〈地獄品〉、《阿毗達磨俱舍釋論》卷六、卷八、卷十一〈分別品〉。

　　隋・奢那崛多譯《起世經・地獄品》；達摩岌多譯《起世因經・地獄品》。

　　其中，安世高譯《佛說十八泥犁經》；法力、法炬譯《大婁炭經》；曇無蘭譯《佛說四泥犁經》、《佛說鐵城泥犁經》、《佛說泥犁經》；佛陀耶舍、竺佛念譯《長阿含經》；鳩摩羅什譯《大智度論》；般若流支《正法念處經》；眞諦

《佛說立世阿毗曇論》、《阿毗達磨俱舍釋論》以及隋代所譯兩種《起世經》是反映魏晉六朝時期佛教地獄觀念最重要的經典。此外，寶唱、僧旻所撰《經律異相》和唐道世撰集《法苑珠林》也對唐前的佛教地獄思想作了專門的整理和彙集。

　　在這些早期的地獄經典中，關於地獄的名稱、數目、種類，有眾多紛紜不同的說法，甚至地獄在何處也有很大的分歧。「這種分歧的情形，嚴重到幾乎難得找到基本經論的說法是完全相同的。」〔註1〕這其中的原因有兩個方面，其一是因爲印度佛教初期的地獄說本來就紛紜複雜不統一；其二是源自印度的這些地獄經典在翻譯成中文的時候，譯者爲了迎合中國讀者，爭取中國信徒，採取「格義」方法，摻入了中國本土的冥界思想。比如吳・康僧會譯《六度集經》卷一「布施無極章」云：「命終，魂靈入太山地獄，燒煮萬毒。」吳・支謙譯《大明度經・雙要品》：「秋露子言：佛未說謗斷經罪入太山。」東晉・竺曇無蘭譯《佛說自愛經》：「不孝其親，敬奉鬼妖，淫亂酒悖，就下賤之濁，以至危身滅族之禍，死入太山湯火之酷，長不獲人身。」諸經中「太山地獄」、「太山」，顯然是承襲中土固有的名相而來的。其中康僧會《六度集經》卷三〈布施無極章〉：「福盡罪來，下入太山、餓鬼、畜生，斯之謂苦。」以「太山」代稱佛教所謂三惡道中的「地獄」而與餓鬼、畜生並列。由於每部經典摻雜的中國本土思想程度不一，所以更導致地獄觀念的紛繁無序。

二、佛經中的「地獄」

　　「地獄」一詞，梵語原稱爲 Niraya，音譯爲「泥犁耶」或「泥犁」。本義是「無有」（道世《法苑珠林》卷七〈地獄部〉及宋法雲《翻譯名義集》卷二〈地獄篇〉之說）。道世云：「又名泥犁者，梵音，此名無有。」〔註2〕法雲云：「梵稱泥犁，秦言無有。」〔註3〕係指無有喜樂之意，人死後落入此處受苦，毫無喜樂可言，故云泥犁。南朝陳・眞諦譯《佛說立世阿毗曇論》卷六〈云何品〉：

〔註1〕　蕭登福：《漢魏六朝佛道兩教之天堂地獄說》，第 64 頁，（臺灣）學生書局，1989 年。
〔註2〕　〔唐〕道世：《法苑珠林》卷七〈地獄部〉，第 51 頁上，上海古籍出版社，1991年。
〔註3〕　《大正藏》卷 54，《翻譯名義集》卷 2，第 1091c～1092a。

云何地獄名泥犁耶？無戲樂故，無憘樂故，無行出故，無福德故，因不除離業故於中生。復說此道於欲界中最爲下劣，名曰非道。因是事故，故說地獄名泥犁耶。〔註4〕

漢魏六朝所譯佛經，或說泥犁在高山上，或說在兩鐵圍山間陸地上，或說在地下，而有的地獄甚至是在空中（餘孤地獄）。將「泥犁」翻譯爲地獄，本來並不十分妥帖。但是由於國人早有死後魂歸黃泉地下的說法，而且佛教地獄觀念中，進入地獄的是犯罪受罰之人，因此人們習慣於將泥犁翻譯爲「地獄」。到了唐代，玄奘大師譯經時，開始捨棄「泥犁」一詞不用，而採用「捺落迦」。捺落迦，梵語爲 Naraka，本意爲惡人，或說是苦器，是指惡人受苦之處。「泥犁」、「捺落迦」、「地獄」三者名異而實同。其中，「地獄」一詞，使用最爲普遍，沿用最久。唐宋時期道世和法雲，在《法苑珠林》和《翻譯名義集》中對這三個名詞的來龍去脈作了詳細的解說。

唐道世《法苑珠林》卷七〈地獄部〉：

問曰：「云何名地獄耶？」答曰：「依《佛說立世阿毗曇論》云：『梵名泥犁耶。無戲樂故，無憘樂故，無行出故，無福德故，因不除離惡業故，故於中生。復說此道於欲界中最爲下劣，名曰非道。因是事故，故說地獄名泥犁耶。』如《婆沙論》中，名不自在。謂彼罪人爲獄卒阿傍之所拘制，不得自在，故名地獄；以名不可愛樂，故名地獄。又地者，底也。謂下底萬物之中，地最在下，故名爲底也。獄者，局也，謂拘局不得自在，故名地獄。『又名泥黎者，梵音，此名無有。謂彼獄中，無有義利，故名無有也。』」問曰：「地獄多種，或在地下，或處地上，或居虛空。何故並名地獄？」答曰：「舊翻地獄，名狹處局，不攝地空。今依新翻經論，梵本正音名『那落迦』，或云『捺落迦』。此總攝人處苦盡，故名捺落迦。故《新婆沙論》云：『問：何故彼趣名捺落迦？答：彼諸有情，無悅、無愛、無味、無利、無喜樂，故名那落迦。』或有說者：有彼先時造作增長增上暴惡身語意惡行，住彼，令彼相續，故名捺落迦。有說：彼趣以顛墜，故名捺落迦。……有說：『捺落』名人，『迦』名爲惡。惡人生彼處，故名捺落迦。」〔註5〕

〔註4〕 《大正藏》第32卷，《佛說立世阿毘曇論》卷6，第197頁c。

〔註5〕 〔唐〕釋道世：《法苑珠林》卷第七〈地獄部〉，第51頁，上海古籍出版社1991年。

宋法雲《翻譯名義集》卷二〈地獄篇〉：

> 《輔行》云：「地獄，從義立名，謂之地下之獄，名爲地獄。」
>
> 故《婆沙》云：「贍部洲下過五百踰繕那，乃有其獄。」
>
> 那落迦，此翻「惡者」。那落是「者」義，迦是「惡」義。造惡之者，生彼處。故此標正報也。捺落迦，或稱那落迦，此云不可樂，亦云苦具，亦云苦器。此標依報也。泥犁耶，《文句》云：「地獄，此方名，梵稱泥犁。秦言無有，無有喜樂、無氣味、無歡、無利，故云無有。或言卑下，或言墮落，中陰倒懸，諸根毀壞故。或言無者，更無赦處。」〔註6〕

以上引文是對「泥犁」、「捺落迦」——地獄文義的解釋。地獄是六道之中地位最卑下的一道，是作惡之人和不信奉佛法的人受生、接受懲罰之處，又因其位置多居於地下，是地下之牢獄，所以名之爲「地獄」。惡人在其中毫無歡愉可言，充滿痛苦與煎熬，因業力所縛，無可遁逃，備嘗眾苦。那麼，這個毫無喜樂、無比痛苦的地獄在什麼地方呢？

關於地獄的所在，各個經典的記載也是差異很大。如上文所述，有說在地下的，有說在陸地上的，有說在山邊曠野的，還有說在空中的。佛典中的這種紛紜不齊的說法，反映了在宗教眾多、教派林立的印度，本來並不存在統一的地獄觀念。因爲不同宗教、同一宗教的不同教派都會有不同的說法。這正如中國在佛教傳入之前的冥界觀念也有生天上，入地下，魂歸泰山、蒿里或北陰豐都等等不同觀念。早期的佛經之中對地獄多不分類，後來的一些論師綜合印度原始佛教時期以及部派佛教時期繁複的地獄觀念，將地獄分爲寒、熱、邊三種。

較早翻譯的佛經，有的只提到地獄處在大鐵圍山之間的陸地上。如《大婁炭經》和《長阿含經》。

西晉・法力、法炬譯《大樓炭經》卷二〈泥犁品〉：

> 佛告比丘，有大鐵圍山，更復有第二大鐵圍山，中間窈窈冥冥，其日月大尊神，光明不能及照。其中有八大泥犁。〔註7〕

姚秦・佛陀耶舍、竺佛念譯《長阿含經》卷十九〈世紀經地獄品〉：

> 佛告比丘，此四天下有八千天下圍繞其外，復有大海水周匝圍

〔註6〕　《大正藏》第54卷，《翻譯名義集》卷2，第1091頁c～1092頁a。
〔註7〕　《大正藏》第1卷，《大樓炭經》卷2，第0283頁b。

繞八千天下。復有大金剛山繞大海水，金剛山外，復有第二大金剛
山。二山中間，窈窈冥冥，日月神天，有大威力，不能以光照及於
彼。彼有八大地獄。其一地獄，有十六小地獄。〔註8〕

其後，隋‧奢那崛多譯《起世經‧地獄品》以及唐‧實叉難陀譯《地藏
菩薩本願經》都有類似的說法。如《地藏菩薩本願經》第一卷〈觀眾生業緣
品〉：

地藏白言：聖母！諸有地獄，在大鐵圍山之內。其大地獄，有
一十八所，次有五百，名號各別，次有千百，名字各別。〔註9〕

另外，還有一些經典，將地獄分為寒、熱兩種。主張寒地獄在天地之際
的高山上，熱地獄在地下距地底部一半之深處。如東漢‧安世高譯《佛說十
八泥犁經》：

侮父母，犯天子，死入泥犁，中有深淺。火泥犁有八，寒泥犁
有十。入地半以下，火泥犁。天地際者，寒泥犁。

所謂寒泥犁在天際間，有大山高二千里，主蔽風，名山于雀盧
山，冥無日月，所不及逮。有蔽大山故冥。外有日月之王甚多，無
央數寒犁中。〔註10〕

而如東晉‧僧迦提婆譯《三法度論》、苻秦‧鳩摩羅佛提譯《四阿鋡暮鈔解》、
陳‧眞諦《佛說立世阿毗曇論》、《阿毗達磨俱舍釋論》等論書，則明確將地
獄分為寒、熱、邊三種，認為寒地獄在鐵圍山地底下或兩山之間鐵輪外邊或
閻（剡）浮洲下；熱地獄在閻（剡）浮提洲地下（深二萬由旬處）；邊地獄在
陸地上的水間、山間和曠野等處。身處寒、熱地獄的受罰者罪較重，而邊地
獄的受罰者罪較輕。

東晉‧僧迦提婆譯《三法度論》卷下〈依品〉：

是一切寒地獄，處在四洲間，著鐵圍大鐵圍山底，仰向居止在
闇中，寒風壞身，大火所然，身如燒竹葦林，聲駁駁各各，相觸生
想。亦復有餘眾生於中受苦。彼一切謗毀賢聖故，受如是苦。

問：云何邊地獄？答：邊地獄者，所在處水間、山間及曠野，
獨一受惡業報，是謂邊地獄。

〔註8〕 《大正藏》第 1 卷，《長阿含經》卷 19，第 121 頁 b～121 頁 c。
〔註9〕 《大正藏》第 13 卷，《地藏菩薩本願經》卷 1，第 780 頁 a。
〔註10〕 《大正藏》第 1 卷，《佛說十八泥犁經》卷 1，第 528 頁 b～529 頁 b。

此八（大熱）地獄，在閻浮洲重疊而住。〔註11〕

符秦・鳩摩羅佛提譯《四阿鋡暮抄解》卷下第八，也是將地獄分為三種，只不過將邊地獄改稱為「因緣地獄」：

（寒地獄在）四方間輪圍山，著上狹如覆舍，人常闇冥，寒切破身，如叢大火然竹葦，身稱吒吒，如熟橘甘果自剖。

因緣地獄，彼處處河曲間、石腹間、大曠澤中，受種種苦，此因緣地獄。〔註12〕

陳・眞諦《佛說立世阿毗曇論》、《阿毗達磨俱舍釋論》等論書中，將邊地獄稱為「餘地獄」或「別地獄」。

陳・眞諦《佛說立世阿毘曇論》卷六〈云何品〉：

從剡浮提向下二萬由旬，是處無間大地獄。從剡浮提向下一萬由旬，是夜摩世間地獄。此二中間，有餘地獄。〔註13〕

《法苑珠林》卷七〈地獄受報部〉引《佛說立世阿毘曇論》云：

住在兩山世界鐵輪外邊，名曰界外，是寒地獄，於兩山間有十名。一名頞浮陀，乃至第十名波頭摩。……寒冰地獄，在鐵輪外。……兩界中間其最狹處，八萬由旬，在下無底，向上無覆。其最廣處十六萬由旬。〔註14〕

《阿毗達磨俱舍釋論》卷八〈中分別世品〉：

於此剡浮洲下二十千由旬，有地獄，名阿毗指，深廣各二十千由旬，若從底向上，四十千由旬。……從此阿毗指地獄上，有七種地獄，次第重累：一大燒、二燒、三大叫喚、四叫喚、五聚磕、六黑繩、七更活。有餘部說此七地獄在阿毗指地獄四邊。

復有餘八寒地獄：一頞浮陀，二尼剌浮陀，三阿吒吒，四阿波波，五漚睺睺，六欝波羅，七波頭摩，八分陀利柯。於此八中眾生極寒所逼，由身聲瘡變異相，故立此名。此八是剡浮洲下大地獄傍。

有別地獄，由眾生自業所起。或多人共聚，或二人，或一人。

〔註11〕《大正藏》第25卷，《三法度論》卷3，第27頁b、28頁a。《大正藏》第53卷，《法苑珠林》卷7，第326頁a。

〔註12〕《大正藏》第25卷，《四阿鋡暮抄解》卷2，第12頁c～13頁a、13頁b。

〔註13〕《大正藏》第32卷，《佛說立世阿毘曇論》卷6，第199頁a。

〔註14〕〔唐〕釋道世：《法苑珠林》卷第七，第54下，上海古籍出版社，1991年。

此別地獄，差別多種，處所不定。或在江邊，或在山邊，或在曠野，或在餘處，地獄器本處在下。〔註15〕

到了唐代，玄奘大師在其所譯《阿毘達磨藏顯宗論》卷十二〈辯緣起品〉和《阿毘達磨俱舍論》中也是將地獄分為寒、熱、邊三種，只不過邊地獄被稱作「餘孤地獄」。

上述三種地獄，並非只有三個。關於地獄的數目，各經也是眾說紛紜，有四、六、八、十、十八、三十、六十四甚至無量無邊之多等很多說法。同為曇無蘭所譯的《佛說四泥犁經》、《佛說鐵城泥犁經》、《佛說泥犁經》就分別有四地獄、八地獄、九地獄三種不同的說法。再如《長阿含經》一經之中就並列了三種不同的地獄說：開始說大金剛山內，有「想」、「黑繩」等八大地獄，接著又說金剛山內有厚雲、無雲等十八地獄，末尾又講到閻羅王宮有大地獄及十六小地獄。這三種地獄說毫無系統地紛然雜陳，說明《長阿含經》是彙集各家之說而形成的。

在林林總總的關於地獄數目不同的說法之中，出現最早的是十八地獄說，而流傳最為普遍對後世影響最大的是八熱、十寒地獄說。主張八大地獄的經典為最多：東漢佚名譯《大方便佛報恩經》、西晉法力、法炬譯《大樓炭經》、西晉竺法護譯《修行地道經》、東晉曇無蘭譯《佛說鐵城泥犁經》、姚秦竺佛念等譯《長阿含經》、鳩摩羅什譯《大智度論》、元魏般若流支譯《正法念處經》、陳真諦譯《佛說立世阿毗曇論》等等皆屬此類。另外，天竺論師所造《三法度論》、《十住毘婆沙論》、《阿毘達磨俱舍釋論》以及唐玄奘所譯諸論，一般都將地獄分為寒、熱兩種，或寒、熱、邊三種，其中所說熱地獄與上述經典中的八大地獄相同。

對八大地獄名目與次第的著錄，諸經論也是參差不齊，最為多見的說法是：一、想（或譯為更生、等活）地獄；二、黑繩地獄；三、合會（堆壓）地獄；四、叫喚地獄；五、大叫喚地獄；六、燒炙地獄；七、大燒炙地獄；八、阿鼻（無間）地獄。

通過這八熱地獄的名目就可以瞭解到，地獄受罰的情形是十分恐怖的。

這裏依據《長阿含經》來說明八熱地獄十寒地獄的恐怖情景：

第一為想地獄，想地獄中的罪人，手生鐵爪，執刀劍，互相殘殺，死後

〔註15〕《大正藏》第29卷，《阿毘達磨俱舍釋論》卷8，第215頁b～215頁c、第216頁a、第216頁b。

復活，繼續受罰。想地獄還有十六個附屬小地獄：黑沙地獄、沸屎地獄、五百釘地獄、饑地獄、渴地獄、銅釜地獄、多銅釜地獄、始末地獄、膿血地獄、量火地獄、灰河地獄、鐵丸地獄、釿斧地獄、豺狼地獄、劍樹地獄、寒冰地獄。

　　第二為黑繩地獄，以熱鐵黑繩纏打罪人，以刀鋸等斫作千百段。

　　第三為堆壓地獄，以大山、大鐵象、石磨、鐵臼等堆壓、磨折罪人。

　　第四為叫喚地獄，以大鐵鑊、鐵瓮等燒煮罪人。

　　第五為大叫喚地獄，受苦情況與上一地獄相似，只是程度較重。

　　第六為燒炙地獄，將罪人置於燒得赤紅的鐵城、鐵室、鐵樓、大鐵陶、大鏊中燒炙。

　　第七為大燒炙地獄，刑罰受苦的情狀，與第六相似，只是程度較重。

　　第八為無間地獄，或音譯為「阿鼻」、「阿鼻旨」「阿毗至」等。在無間地獄中，將罪人從足至頂剝皮，然後在熱鐵地上被火車輪碾壓，身體碎爛，皮肉墮落，而且由於此獄中的罪人罪孽深重，所以欲死不能，承受著無休無止的懲罰，故稱「無間地獄」﹝註16﹞。

　　十寒地獄又分別為：厚雲、無雲、呵呵、奈何、羊鳴、須乾提、優鉢羅、拘物頭、分陀利、鉢頭摩地獄。對於寒地獄的受苦情狀，諸經很少言及，大約以寒冷為其特點。

　　八熱地獄及其附屬之十六小地獄，的特點即在一「熱」字。地獄中觸目皆是猛火、熱鐵、融銅汁、熱沸湯等，而其中的罪人則是遍體燒灼焦爛，常受饑渴之苦。這一地獄刑罰與印度的地理環境有著密不可分的關係。印度地處熱帶，北部有高聳的喜馬拉雅山為屏障，寒流難以侵入，而且夏季受副熱帶高壓影響，故而氣候非常炎熱。這一氣候特點對印度文化影響甚巨。由於氣候炎熱，無處逃避，人們以人生為苦痛，欲求解脫，故而入山修道，齋戒沐浴，靜坐忘欲，皆為消除炎熱，求得清涼之法門，這種「炎土文化」使印度文化具有強烈的出世解脫精神。因為印度人對炎熱之逼迫有切膚之痛，所以印度佛經之中地獄之苦也以熱為主。

　　當然，佛經之中也有所謂「寒地獄」，這是由於印度北方喜馬拉雅山常年積雪，寒冷襲人，世人也就將這這種寒苦運用於地獄之中，加之於惡人身上。

─────────────

﹝註16﹞《大正藏》第 1 卷，《長阿含經》卷 19，第 121 頁 b～126 頁 a。

在漢魏六朝的地獄經典之中，一般僅提及地獄的數目、名稱以及受苦情形，對統治地獄的王者則很少言及。例如《大樓炭經》、《長阿含經》等經中雖已言及閻羅王城地獄，但是也只是把閻羅王地獄和其它地獄並列在一起。這說明閻羅地獄說只是當時眾多地獄說的一種。閻羅王是地獄主宰的信仰是後起的觀念，魏晉六朝時期它的影響並不大，直到唐代以後才開始流行起來。關於閻羅信仰在中國傳播演變我們將在第三編第八章作詳細論述，此不贅述。

第二節　魏晉六朝時期道教的地獄觀

在第一章中，我們已經論述了在兩漢時期「泰山治鬼」的觀念深入人心，泰山神是民眾心目中冥界的主宰。到了魏晉六朝時期，中國固有的民間信仰在佛教的刺激之下有所發展，本土宗教道教也開始興起和確立。伴隨著道教不同教派的興起，在道教內部出現了許多關於地獄的不同說法。這些關於地獄的異說包括在「泰山治鬼」信仰基礎上擴展而成的「泰山五嶽地獄說」以及「泉曲與十二河源地獄說」、「九幽地獄說」和「豐都北陰地獄說」諸說。

一、泰山五嶽地獄說

在魏晉六朝初期，「泰山治鬼」信仰影響依然深廣，因為泰山崇拜的起源極早，深深植根於中華傳統文化的土壤，不易被輕易撼動。即使後來受佛教影響，泰山府君的冥界主宰的地位被閻羅王所取代，但是它仍然化身為「十殿閻羅」中的一員──「泰山閻羅」，繼續受世人尊崇。在道教中，魏晉六朝後期雖然形成了「豐都北陰地獄」的信仰，泰山五嶽也仍然是豐都北陰大帝屬下重要的冥官。由此可見泰山信仰在中國民眾信仰之中的深遠影響。

我們翻開魏晉六朝的志怪小說，其中有些多入泰山冥府的故事。如干寶《搜神記》卷四載有胡母班為泰山府君致書河伯事；《搜神記》卷十五記賈瑀被泰山冥吏錯勾入冥事；《列異傳》記蔣濟亡兒託夢說其「在地下為泰山伍伯」事；劉義慶《幽明錄》和王琰《冥祥記》都收載了趙泰入地獄見泰山府君審案及巡遊地獄的故事。這樣的故事還有很多，僅在《冥祥記》現存的 131 條故事中就有 21 條是寫入泰山冥府的故事。如果說這些故事記錄的是民間傳說，反映的是普通民眾的信仰，那麼葛洪《抱朴子內篇·遐覽》載有

《收治百鬼召五嶽丞太山主者記》三卷〔註17〕、竺道爽《檄泰山文》內有：「太山者，則閻羅王之統，其土幽昧，與世異靈，都錄使者降同神行，定本命於皇記，察都籍於天曹，群惡無細不捨，纖善小而無遺，總集魂靈，非生人應府矣。」〔註18〕這些文獻表明作為冥神的泰山已被道教神譜所吸收，但是道書中以泰山為主的五嶽神常被視為是豐都北陰大帝的屬吏。

據蕭登福先生《漢魏六朝天堂地獄說》的研究，在《正統道藏》中談及泰山及五嶽的道書有：《洞玄靈寶五嶽古本眞形圖並序》、《太眞玉帝四級明科經》卷一、《洞眞太上太霄琅書》卷六、《太上妙始經》、《道教義樞》卷七、《原始天尊說東嶽化身濟生度死拔罪解冤保命玄範誥咒妙經》、《原始天尊說豐都滅罪經》、《太上宣慈助化章》卷五、《道法會元》、《靈寶無量度人上經大法》等。以上經典自《東嶽化身經》以下諸經，皆是唐宋之後的道經。在以上大部分道書中，泰山神的地位都擺在北豐大帝之下。

有關泰山所轄的地獄，《正一經》有天一、皇天、九平、青召等二十四獄之說。《四級明科經》又說刀山在岱宗之北。《五煉生屍妙經》認為九幽地獄屬泰山。《太上妙始經》載泰山府君統轄四天下外兩大鐵圍山間八冥界諸地獄。

綜上，泰山所轄有二十四獄、刀山、九幽、鐵圍山諸獄等不同說法。除泰山外，霍山、華山、恒山、嵩山等五嶽各有其獄，如《四極明科經》說流火之鄉在霍山之南；《道教義樞》說華山、霍山等諸山各自有獄，只是以上諸經都沒有詳細列舉各山的地獄名。

泰山地獄外，道書中還有「泉曲與十二河源地獄」、九壘土皇所轄之「九幽地獄」和「豐都北陰地獄」等說法。

二、泉曲與十二河源地獄說

泉曲河源地獄，是道教繼承中國秦漢以來的「死入黃泉」、「死人河」以及《太平經》中作惡之人死後「謫作山海」的觀念並加以擴展，形成「二十四河源」、「四瀆」、「積夜之河」、「泉曲之府」、「丘寒之池」等與水有關的地獄。這些地獄的形成與中國古代陰陽五行的觀念有關係，幽冥世界與陽世相

〔註17〕王明：《抱朴子內篇校釋》卷十九，第334頁，中華書局，1985年。

〔註18〕〔梁〕僧祐：《弘明集》卷十四，《弘明集　廣弘明集》第93頁，上海古籍出版社，1991年。

對，屬陰，而水亦屬陰。唐李少微《元始無量度人上品妙經四注》卷二：「十二河源者，月爲太陰之精，諸水之母。」〔註19〕所以水官、水府、河伯等一路水神都淪爲冥界之神。

那麼道教所說的「泉曲之府」、「十二河源」、「丘寒之池」究竟在何處呢？《三元品戒經》說：「下元三品右宮，名北豐都宮，一名羅豐宮，總主水中積夜死魂謫役年劫。」「北豐都宮，一號羅豐宮，置左、中、右三府。左府號開度劫量府，主生籍，太陽火官考；右府號泉曲鬼神府，主死籍，太陰水官考；中府號通靈大劫府，主死罪，簡風刀之考。」〔註20〕據此可知泉曲府在豐都山中。

至於十二河源所在何處，據蕭登福先生的研究成果，主要有以下三種不同的說法：

1. 北齊・嚴東以爲九海三河，合爲十二河源。文云：「九海三河，十二川源。」〔註21〕在《道法會元》卷三則把十二河源說成是「三河九江」。「三河」指洛河、黃河、淮河；九江指浙江、揚子江、松江、吳江、湘江、荊江、南江、漢江、楚江。

2. 唐・薛幽棲以爲豐都六宮，每二宮設一官，共立三官。「官有三署，三官有九署。左爲火官，右爲水官，中爲女官。」三官九署即是十二河源，《元始無量度人上品妙經四注》曰：「十二河源即水府也，事與三官九署相符，三官九署亦十二也。」〔註22〕

3. 唐・李少微認爲一個月一周天，一年十二月，每個月，月亮皆經過天河之源的東井泉，沃井水濯天人之容，這就是十二河源。

> 十二河源者，月爲太陰之精，諸水之母。井是天河之源，眾水之泉。一月一周天。一年十二月，每月皆經過東井，沃黃水之華，濯天人之容。若先祖未生，皆猛煉度以成仙眞。事見《三五順行經》。〔註23〕

4. 宋・陳椿榮認爲十二河源是指十二條河之源頭。其《太上洞玄靈寶無量度人上品經法》卷二：

〔註19〕《道藏》第2冊，第210頁上。
〔註20〕《道藏》第6冊，第878頁中、下。
〔註21〕《道藏》第2冊，第210頁上。
〔註22〕《道藏》第2冊，第210頁上。
〔註23〕《道藏》第2冊，第210頁上、中。

　　　　玄師曰：十二分野有十二水之源，湊於無極混海，泄水於天河，
　　東井之源也。〔註24〕

　　題名爲東海青元眞人注之《元始無量度人上品妙經注》卷中云：

　　　　十二河源者，乃導岍、導嶓冢山之類，乃分治罪魂之所。〔註25〕

泉曲府及十二河源等說之情形。漢魏之世，因爲視河梁爲死魂拘閉之處，因
而後世道書把與水有關之水府、水帝、河伯、海神等，都視爲冥神。

三、九幽地獄說

　　關於道教的九地土皇及其所屬地獄。也是出自中國傳統的冥界思想。在
《太平經》卷一百十二「有過死謫作河梁誡」條，就提到了「土府」、「河梁
山海」等拘役死人魂魄之處：

　　　　大陰法曹，計所承負，除算減年。算盡之後，召地陰神，並召
　　土府，收取形骸，考其魂神。……有過高至死，上下謫作河梁山海，
　　各隨法輕重，各如其事，勿有失脱。各有府縣郵亭主者長吏，察之
　　如法，勿枉天剋鬼神精物。如是上下，合通行書，各如書令。〔註26〕

　　《太平經》卷一百十四「不用書言命不全訣」：

　　　　爲惡不止，與死籍相連，傳付土府，藏其形骸，何時復出乎？
　　精魂拘閉，問生時所爲，辭語不同，復見掠治，魂神苦極，是誰之
　　過乎？〔註27〕

據以上引文可知，「土府」、「河梁山海」大約就是漢魏道教初期的地獄所在，
當時因罪死入土府，只是受拘閉或謫作河梁山海，修橋擔石，苦役勞形，如
是而已，此時還沒有受佛教影響在地獄中加入車壓火烤、刀山劍樹的酷刑。
在傳統冥界思想的影響下，道教早期的道書如《上清外國放品青童內文》、
《上清太上開天龍蹻經》等都提到了九地三十六土皇之說，以爲土皇就是地
下主。

　　道教認爲地有九重稱爲九地或九壘，而且一層比一層低，每一層都有四
土皇，共有三十六土皇。這三十六土皇，掌管地下的形骸靈魂，而且兩漢以
來的傳統冥神如蒿里父老、土丞相掾、土卿百家都是祂們的屬下。這九壘三

〔註24〕　《道藏》第 2 冊，第 487 頁中。
〔註25〕　《道藏》第 2 冊，第 267 頁上。
〔註26〕　王明：《太平經合校》卷一百十二，第 579 頁，中華書局，1960 年。
〔註27〕　王明：《太平經合校》卷一百十四，第 615 頁，中華書局，1960 年。

十六土皇所轄之地獄，據道書所載，約有兩處：一、九幽地獄；二、十大地獄。

九幽地獄是依東、西、南、北、中、東南、東北、西南、西北等九個方位而設。此是道教中極爲重要的地獄說。六朝道經中，如《龍蹻經》、《太上九眞妙戒金籙度命拔罪妙經》、題爲葛玄所撰的《太上慈悲道場消災九幽懺》等經中都曾提到九幽地獄。

據《太上慈悲道場消災九幽懺》卷八〈懺九幽品第三〉所載，九幽地獄分別是：東方風雷地獄、南方火翳地獄、西方金剛地獄、北方溟冷地獄、中央普掠地獄、東南銅柱地獄、西南屠割地獄、西北火車地獄、東北鑊湯地獄〔註 28〕。這九幽地獄在唐宋之世演變甚爲複雜，九地土皇在後世雖然不及北陰豐都大帝那樣廣爲道徒所接受，但是九幽地獄之說卻比豐都三十六獄和泰山二十四獄更常被道徒所採用。

九地土皇所轄之地獄，除九幽地獄說外，還有受佛教影響十寒八熱地獄說影響的十大地獄說。據北魏寇謙之所增廣的《靈寶無量度人上品妙經》卷五十五〈追度上世亡魂品〉：

> （元始天尊）以九色碧光一縷之絲，垂明下徹，遙至九壘七圍

鐵山之間十大地獄，方面八千餘里，高廣深厚，其量過之……〔註29〕

不管是九幽地獄還是十大地獄，在豐都北陰地獄說流行之後，九壘土皇就淪爲了豐都北陰大帝的屬吏，但是九幽地獄的名稱則一直流傳不絕，唐宋以降道徒更是常以九幽代指地獄。

四、豐都北陰地獄說

豐都北陰大帝說與九壘土皇說，差不多都在漢末魏晉時期興起，但是二者的結局卻大相徑庭。在後世道教內部豐都治鬼說被普遍採用，豐都大帝逐漸成爲道教冥界的主神，而九壘土皇則淪爲豐都大帝之屬吏而漸漸被人淡忘。豐都在羅豐山上，因而豐都亦名羅都，又因其在北方癸地，因此又名爲北豐。羅豐山有六天宮，是治鬼之冥府，所以「六天」就成了鬼界的代稱。

六朝道書之中，對豐都六天宮敘述比較詳盡的經典有陶弘景《眞誥》、《太上原始天尊北帝伏魔神咒妙經》、《天關三圖上清經》、《三元品戒經》四系說

〔註28〕《道藏》第 10 冊，第 72 頁上～73 頁中。
〔註29〕《道藏》第 2 冊，第 370 頁上。

法。四系說法之中，以《眞誥》所載最爲詳盡，又係東晉楊羲、許謐等人所傳，因而廣爲道流所採用。由此，我們在此主要討論《眞誥》系的豐都地獄說。

陶弘景《眞誥》卷十五〈闡幽微第一〉楊羲手書有關豐都之事云：

> 豐都山在北方癸地，山高二千六百里，周迴三萬里。其山下有洞天，在山之周迴一萬五千里，其上其下並有鬼神宮室。山上有六宮，洞中有六宮。輒周迴千里，是爲六天鬼神之宮也。山上爲外宮，洞中爲內宮，制度等耳。〔註30〕

據《眞誥》所載，豐都山山上山下各有六天宮，上下六天宮宮名相同。第一宮爲紂絕陰天宮，掌治此宮者爲北陰太帝北帝，《眞誥》所言之仙官鬼官，經常是輪流替代，而當時的北陰太帝正輪由炎帝擔任。北陰太帝除掌管第一宮外，併兼掌六宮鬼神諸事。經中以爲人初死，不管是由泰山、江河等所拘隸，還是直接由六天宮之任一宮所拘隸者，其後都必須送至第一宮處理。第二宮名泰煞諒事宗天宮，專掌煞鬼及猝死暴亡之魂。第三宮名明晨耐犯武城天宮，專掌聖賢之死魂。第二、三宮的統治者，據陶弘景所注爲四明公所治。四明公有四人，分東西南北，依次爲夏啓、周文王、邵公奭、吳季札四人；四人各治一宮。但是文中沒有言明第二、三宮分別爲四明公之中哪兩位所治。第四宮爲恬昭罪氣天宮，統治者爲鬼宮中之北斗，爲武王姬發。此宮專掌治死魂吉凶禍福及壽夭之考覈。至於第五、六宮分別爲宗靈七非天宮、敢司連宛屢天宮。據前述四明公各掌一宮的說法，此二宮應爲四人之中的其餘兩位職掌。這六宮的統治者地位並不高，在仙階以下，所以經中說「此四明公後當升仙階也」。豐都六宮亦稱爲「六天」，道書中常以「三天」代表天界，而以「六天」代表鬼界或地獄。至於豐都六天宮的主宰北陰太帝，又稱作北陰大帝，簡稱北大帝、北帝或豐都大帝。

作爲本土宗教，道教繼承秦漢以來的中國固有的冥界思想，把地獄安置在中國的山嶽河川，職掌地獄的冥神也是中國的神靈或死去的帝王聖賢，地獄的數目也受中國傳統的陰陽數術觀念影響而形成泰山二十四獄、十二河源、九幽地獄和豐都六宮等地獄說。由此可見，道教一直力圖在中國固有的冥界思想的基礎上建構地獄觀念。但是地獄觀念畢竟是外來觀念，本土思想資源是不夠用的，所以道教在建構地獄觀念的時候，常常借用佛教的模式和

〔註30〕《道藏》第 20 冊，第 579 頁上。

概念名詞。這使得道教的地獄觀念之中處處彌漫著佛教地獄觀的影子。

雖說泰山、豐都山都是中國的山嶽，但是在道書中對這些鬼山的描寫中，我們仍可以看到佛經中地獄的所在——大鐵圍山的影子；即使是十二河源地獄，也是在中國傳統的黃泉、水府、冥河等觀念基礎上形成的，但又融合了佛教地下有水，水下有風的觀念。《長阿含經》卷十八〈閻浮提洲品〉：「今此大地，深十六萬八千由旬，其邊無際；地止於水，水深三千三十由旬，其邊無際；水止於風，風深六千四十由旬，其邊無際。」〔註31〕

再者，在《太平經》等道教早期的經典之中，冥界的懲罰無非是擔沙運石，修築河梁等類似人間的勞役。但是到了六朝時期，由於受佛教影響，道書之中對地獄刑罰的描述也充斥著刀山、劍樹、銅柱、湯鑊、火烤、屠割、考掠等印度式的酷刑。

此外，在六朝後期，北陰豐都大帝漸次成為了道團普遍信奉的地獄主宰者。而其實，這個道教的地獄主宰者是佛教地獄觀中的「閻羅王」在道教中的化身。陶弘景《真誥》卷十五〈闡幽微第一〉注云：

> （六天宮）此即是北豐鬼王決斷罪人住處，其神應是經呼為閻
> 羅王所住處也，其王即是今北大帝也。〔註32〕

在這裏，陶弘景明言道教之冥界主宰就是佛經之中的閻羅王。另外，《太上長文大洞靈寶幽玄上品妙經》〈飛升羽化章第十〉中也有類似的說法：

> 地獄之方，特有一城，名曰豐都羅城，有一王者羅王，又號陰
> 都北帝，居此，主管大羅城八洞陰鬼。在十八鐵城內，皆有死生諸
> 般地獄。〔註33〕

上述引文中，羅王應是閻羅王的省稱。由此可見，佛教地獄觀的深遠影響，雖然道教自創出了豐都地獄說，但是還是敵不過佛教地獄觀在民眾中的影響力，所以道教總是不由自主地向佛教靠攏，附會佛教的觀念。

唐代段成式《酉陽雜俎前集》卷二〈玉格〉篇中云：

> 炎帝甲為北太帝君，主天下鬼神。《三元品式（戒）》、《明真科》、
> 《九幽章》皆律也。連苑、曲泉、泰煞、九幽、雲夜、九都、三靈、
> 萬掠、四極、九科、皆治所也。三十六獄、流沙赤等號溟霅獄，北

〔註31〕《大正藏》第 1 卷，《長阿含經》卷 18，第 114 頁 c。
〔註32〕《道藏》第 20 冊，第 579 頁中。
〔註33〕《道藏》第 20 冊，第 3 頁上。

獄獄也。又二十四獄有九平、元正、女青、河北等號。人犯五千惡
爲五獄鬼，六千惡爲二十八獄囚，萬惡爲墮薜荔也。

　　罪簿有黑、綠、白簿，赤丹編簡。刑有搪（擔）蒙山石、副（負）
太山、搪（擔）夜山石、寒河源及西津水置、東海風刀、電（一曰
雷）風、積夜河。〔註34〕

這段文字是段成式對六朝以來諸多地獄說的歸納，試圖在分歧之中求得統一
與合理化，這是六朝以降道教內部對六朝地獄觀念進行整合的一種思想趨
勢。但是在唐代糅合佛、道及民間信仰最有成就且對後世影響深遠的是四川
沙門藏川所撰寫的兩種《佛說十王經》中將閻羅王和泰山王等統合併列在一
起形成「十殿閻羅」說。他的這一創舉在宋朝時，又經道士淡癡的《玉曆寶
鈔》加以推衍改進，更加適合民眾的接受心理，使地獄十王說從此植根於民
間，來自印度的地獄觀念也隨之徹底融入中國的文化土壤了。

〔註34〕　〔唐〕段成式：《酉陽雜俎》前集卷二，見《唐五代筆記小說大觀》第567頁，
　　　　　上海古籍出版社，2000年。

第三章　隋唐五代——三教合流與
中國地獄觀的成熟

　　隋唐時期是我國封建時代經濟文化繁榮鼎盛的時期，中國的學術與宗教在這個時期發生了巨大變化，取得了巨大的進步和成就。佛教自兩漢之際傳入中國，經過六百餘年的風雨，與中國本土文化衝突又融合，到了唐代，形成據有中國特色的「宗派佛教」，其中禪宗、淨土宗等宗派已經是完全中國化的佛教。同樣，因佛教而傳入中國的佛教地獄觀也在唐代產生重要的發展至成熟，那就是出現了集大成的地獄說——「十王地獄說」。「地獄十王說」是真正本土化的地獄說。這意味著地獄觀念在唐代已基本上完成了中國化的歷程。

第一節　《佛說十王經》與中國地獄觀的完成

　　在初期佛教觀念之中，地獄是罪人受罰之處，所有的刑罰都是罪人自己的業力所致，沒有必要安置一個沒有罪孽的王者來統御；又因為各人隨自己所造之業，生死輪迴於六道之中，也沒有必要由某個地獄之王主持地獄事，由他來判定死者的罪福。

　　考察六朝漢譯的佛教經典，地獄閻王的角色是比較晚出的；而且在這些經典之中，閻王還是苦樂兼受的，雖然是王者，但仍是因有罪被罰在地獄受苦的，並非後世威福萬千，一味主宰他人命運的地獄冥王的形象。

　　梁僧旻、寶唱《經律異相》卷四十九引述《問地獄經》、《淨度三昧經》，

曾提到閻羅王原是毗沙國王：

> 閻羅王者，昔爲毗沙國王，緣與維陀始王共戰，兵力不敵，因立誓願，願爲地獄主。臣佐十八人，頭有角耳，皆悉忿懟，同立誓曰：「後當奉助治此罪人。」毗沙王者，今閻羅是；十八人者，諸小王是；百萬眾者，諸阿傍是，隸北方毗沙門天王。〔註1〕

《問地獄經》和《淨度三昧經》疑爲出於六朝中土沙門僞撰，所以這種說法可能並非源自印度梵典。

又唐玄應《一切經音義》卷二十一云：

> 焰摩移贍反，或作琰摩，聲之轉也。舊言閻羅，又云閻摩羅，此云縛，或言雙世。謂苦樂並受，故云雙也，即鬼官總司也。又作夜磨盧迦，亦作閻摩羅社。閻摩，此云雙。羅社，此云王。兄及妹，皆作地獄王。兄治男事，妹理女事，故曰雙王。〔註2〕

在這裏，男女分治地獄反映了中國「男女有別」的思想。而且出現兩個閻羅王共治地獄的局面是此前少見的。可以看作是此後「地獄十王說」的先聲。

印度原有的地獄思想本來就隨著時代的推移而有所改變，傳到中國後，經過六朝時期道教的影響，遂逐漸把印度的地獄觀念中國化，開始形成了糅合佛教道教的地獄主神。這個演變過程，在六朝時期《盂蘭盆經》、《佛說淨度三昧經》、《佛說提謂經》等一批疑僞經大量湧現的時候就已經開始了。如《佛說淨度三昧經》中提到三十個地獄王，出現了許多已經是中土名氏的閻羅王。《佛說淨度三昧經》、《佛說提謂經》以及東晉帛尸梨蜜多羅所譯《佛說灌頂經》第十二卷〈佛說灌頂拔除過罪生死得度經〉，把道教天、地、水三官加以推演，加上仙官、鐵官成爲五官，司掌地獄中觸犯殺、盜、淫、妄、酒五戒的亡魂。

到了唐代，藏川的《十王經》又整合了六朝諸多有關地獄王者的不同說法，並加以簡化，逐漸形成了以秦廣王、初江王、宋帝王、五官王、閻羅王、變成王、太山王、平正王、都市王、以及轉輪王爲主的地獄十王說；同時也把印度亡魂中陰身存在極限七七日的觀念和中土三年喪──卒哭（百日忌）、小祥（週年忌）、大祥（三年忌）的觀念混合，這七七日和百日、週年、三年

〔註1〕 〔梁〕僧旻、寶唱編撰：《經律異相》卷五十「地獄部（上）」，第262頁，上海古籍出版社，1988年。
〔註2〕 《中華大藏經》第57冊，《一切經音義》卷21，第65頁b。

等十個日子與地獄十王相配，就成爲救贖亡魂的特殊日子。

另外，《十王經》中所言生七齋，是每月十五、三十兩日持齋，到了宋代道士淡癡撰《玉曆至寶鈔》時則改爲每月初一、十五持齋。這個喪俗一直延續至今。唐宋以來，十王成爲中土地獄王者的代表，地獄十王信仰深深影響了國人，左右了吾國吾民的喪葬習俗與信仰。今日我們見到的薦拔亡魂的佛教儀式，都是早在《十王經》的時代就已初具規模了。

唐代沙門藏川所撰之《十王經》，據杜斗城與蕭登福兩先生的研究，可以分爲兩種版本系統：第一種題爲：「《佛說地藏菩薩發心因緣十王經》，成都麻慈恩寺沙門藏川述。」此經現收錄於《卍字續藏經》第一五〇冊。「成都麻」三字，據另一種十王經的題稱來校勘應爲「成都府」之誤。

第二種十王經，有兩個不同的版本。甲類一般題爲「《佛說預修十王生七經》，成都府大聖慈恩寺沙門藏川述。」這個版本收入了《大正新修大藏經》、《卍字續藏經》，敦煌遺書的原件現收藏於法國國家圖書館。乙類一般題爲：《佛說閻羅王受記四眾逆修生七往生淨土經》。這個版本的敦煌寫卷現收藏於英國倫敦大英博物館和中國國家圖書館。

第二種十王經流行最廣，影響最大。除收入《大正新修大藏經》圖像部七和《卍字續藏經》第一五〇冊外，敦煌所見的寫卷計有二十幾種。據蘭州大學敦煌研究中心的杜斗城先生《〈敦煌本佛說十王經〉校錄研究》介紹，屬於甲類《佛說預修十王生七經》系統的有：敦煌文書 P2003、P2870；屬於乙類的《佛說閻羅王受記令四眾逆修生七功德往生淨土經》系統的有：敦煌文書 S3961、S3147、S2489、S2815、S4530、S4805、S4890、S5544、S5585、S6230、北 8254、北 8255、北 8256、北 8257、北 8258、北 8259 以及散 0535、散 0799，另外還有兼題兩名的敦煌寫卷 P3761。在上述諸種寫卷中此經的異稱還有多種：《佛說預修十王生七經》、《佛說閻羅王受記四眾預修生七往生淨土經》、《佛說閻羅王受記令四眾逆修生七齋往生淨土經》、《佛說閻羅王受記勸修生七齋功德經》、《佛說閻羅王受記令四眾逆修生七齋功德往生淨土經》、《佛說閻羅王受記經》、《佛說十王經》、《佛說閻羅王經》等〔註3〕。

藏川的這兩種十王經，由於都是敘述地獄十王，所以都可簡稱《佛說十王經》或《十王經》，由於簡稱相同，往往混淆。爲了行文簡明我們把《佛說

〔註3〕　參見杜斗城：《〈敦煌本佛說十王經〉校錄研究》，第 139～145 頁，甘肅教育出版社，1989 年。

地藏菩薩發心因緣十王經》簡稱爲《地藏十王經》；把《佛說預修十王生七經》等則簡稱爲《預修十王經》。

藏川這兩種《十王經》題爲「成都府慈恩寺沙門藏川述」，而且經中又多雜有中土道教的名相，所以學界一般都斷定它們是藏川的撰造，屬於「僞經」。但是藏川撰述的時間，學界卻有不同的看法。杜斗城認爲「此經『藏川述』時，最早也應在天寶十五年（公元 756 年）之後」〔註4〕。而臺灣學者蕭登福認爲「《十王經》的年代不應晚於唐高宗朝，所以筆者才斷定《十王經》的年代在唐初」〔註5〕。以十王地獄說在唐代小說中的表現來看，我比較傾向於杜斗城的觀點。因爲敦煌遺書中這些寫卷的抄寫時間一般都是五代和宋初，更主要的是在唐代的小說中幾乎沒有關於十王地獄的故事，而五代以後尤其是宋代寫到此經的故事小說才大量湧現，由此可見，藏川撰述《十王經》的時間不會太早。

下面我們簡要概括一下兩部《十王經》的主要內容。

一、《地藏十王經》

《地藏十王經》敘述佛在娑羅雙樹間將入涅槃時，諸大菩薩、天人、地獄十王、及冥界神祇等咸來共聚，聽受遺教；閻王請求說法，世尊說到人體中有魂、魄二識，人臨命終時閻魔王遣鬼卒拘人魂魄至門關樹下，樹上有荊棘如鋒刃，有二鳥呵斥亡人不行善，亡人通過樹與門時，身體被割殘破；亡人死亡的頭七天，稱爲一七，或頭七。這時亡人被驅逐到第一殿秦廣王處；第二七日，亡人渡過奈河津，津頭有大樹，有翁婆二鬼刑虐亡魂；然後到第三七，進入第三殿宋廣王處，被惡貓、巨蛇所齧咬；死亡的第四個七天，進入第四殿五官王處，此處有秤量舍和勘錄舍，秤量舍有業秤，稱量亡人善惡業，而勘錄舍則有冥官、善惡童子載錄亡人所行之善惡。第五七，進入第五殿閻魔王國，閻魔王是地獄中最高的主宰。國中有檀荼幢，上有人頭形，能見人間所行一切，而前面所言善惡童子則是與人同生的俱生神，也稱爲左右雙童，左記惡，右記善，雙童共同將世人之善惡業稟報於閻魔王。國中又有

〔註4〕 杜斗城：《〈敦煌本佛說十王經〉校錄研究》，第 146 頁，甘肅教育出版社，1989年。

〔註5〕 蕭登福：《道佛十王地獄說》，第 241 頁，（臺灣）新文豐出版股份有限公司，1996 年。

業鏡，鑒照亡魂生前所作一切事迹；閻魔王告訴人們必須在三長月十直齋日持齋念佛，並備銀錢、幡旗、水果等，向北醮祭，頌念閻魔王，如此可以延壽，削死籍，著生簿，可以免於橫死；經中還強調閻魔王是地藏菩薩悲願所化，目的是爲了超度無佛世界的地獄眾生，因而地藏蒙佛授記，將來做佛。第六殿爲變生王，亡魂在死後的第六個七日進到此殿；第七殿爲泰山王處，亡魂在七七四十九日時來到此處。亡魂百日時。經過第八殿平等王處；死後一年，經過第九殿都市王處；死後的三年，經過第十殿五道轉輪王處接受轉生。

此經以閻羅王爲主，所以在第五殿著墨最多。經中還把十殿閻羅說成是十大佛菩薩所化，下面是他們的對應表：

十王	秦廣王	初江王	宋帝王	五官王	閻魔王	變成王	太山王	平等王	都市王	五道轉輪王
佛菩薩	不動明王	釋迦如來	文殊菩薩	普賢菩薩	地藏菩薩	彌勒菩薩	藥師如來	觀世音菩薩	阿閦如來	阿彌陀佛

此經還有一個特點，是在敘述十王殿時，每敘述完一個，即引天尊說偈作結。其偈語或四句或八句不等。

二、《預修十王經》

《預修十王經》敘述釋迦如來在婆羅雙樹間，將要入涅槃時，諸大菩薩、閻王、泰山府君等齊來集會。佛在大眾中爲閻羅天子授記，將來當作佛，佛名普賢如來，國名華嚴。眾中阿難問佛閻羅王成佛因緣，釋迦如來告訴他，閻王因緣已熟而得授記；並告訴大眾，造此經及修生七齋、薦拔亡魂，有諸多功德。由於此經除薦拔亡魂外，也可以預爲自己死後救贖用，所以經名有「預修」及「生七」等詞。生七，是活人爲自己做七。佛經中以七日爲人死後中陰的活動周期。然此經雖有預修生七和薦拔亡魂兩種作用，修齋的方式則略又不同：

修生七齋，是每月二時：即在每月十五日和月底三十日兩天持齋，「供養三寶，祈設十王，修名納狀」；奏上天曹地府，如此死後即可不必墮入地獄。

至於薦拔亡魂，則是在亡人死後的頭七、二七、三七、四七、五七、六七、七七、百日、一年、三年等時日舉行，亡魂在這些特定日子會經過地獄

十王殿，亡人的家屬親人如能在這些日子裏修齋造福、寫經造像，便可拯救亡魂出離地獄，若是少了一齋就會靈亡魂在這一王處多滯留一年。

《預修十王經》所述的地獄十王情形，較之《地藏十王經》要簡單得多，對十王的敘述只是用四句偈來表達，而這四句偈正是《地藏十王經》中天尊所說的偈子，若是《地藏十王經》中是八句的就用前面的四句。

上述兩種十王經，都是敘述地獄冥界的情形，也都談到了地獄十王。雖然兩部經典性質上相近，但是兩經並不能互相替代。這不僅僅是因為兩經文字有差異，關鍵是兩部經強調的重點是不一樣的。《地藏十王經》側重於三長月十直齋的修齋功德；而《預修十王經》則偏重亡靈的中陰身在地獄中的救贖。修十王齋不僅可以救贖已逝的親人，自己還可以在生前預先修齋做法事來自救。從字面上看，《地藏十王經》使用了大量道教的術語名相，可見它受道教的影響大於《預修十王經》，但是正因為如此，增加了讀者閱讀的障礙，使它不易於大眾化，因而普及程度遠遜於《預修十王經》，這從現存敦煌寫卷中《預修十王經》的抄本數量之多（20餘種）就可以一目了然了。

藏川所述兩種《十王經》之所以能夠在中國影響深遠，成為日後中國地獄觀念的主幹內容，是因為它將印度的佛教地獄思想與中國本土的冥界思想很好地融合在一起。中國本土固有的信仰基本都被道教納入自己的思想體系，所以這種融合主要表現在對道教思想的吸收；按照道教的模式建構陰曹地府、吸收道教冥神、融合道教魂魄觀念和佛教神識中陰之說等。

在第二章，我們已經介紹過在印度的佛教地獄經典中，閻羅王是一個因有罪而轉生於地獄的，其在地獄之中也是苦樂參半。但是在藏川所述的這兩部《十王經》中，閻羅王已經變成中土式的帝王天子。這是道教的影響，因為道教是按照人間帝王體制來建構天堂地獄的。具體到冥界的組織體制上，閻羅天子是地獄的最高主神，相當於人間的帝王，其下還有泰山府君、司命、司錄、五道大神、地獄官典等等。這個體制上下有序，君臣分明，其間也有文案往復，上傳下達。如有世人造像寫經，就會有善惡童子加以載錄，並向閻羅王奏記。這種等級制度實際上是中國帝王行政制度的翻版。例如《佛說預修十王生七經》說：

> 如是我聞，一時佛在鳩尸那城阿維跋提河邊婆羅雙樹間，臨般
> 涅槃時，舉身放光，普照大眾及諸菩薩摩訶薩、天龍神王、天王帝
> 釋、四天大王、大梵天王、阿修羅王、諸大國王、閻羅天子、太山

　　府君、司命司錄、五道大神、地獄官典，悉來集會，敬禮世尊，合

　　掌而立。〔註6〕

從上引文中，我們可以知道泰山府君、司命、司錄等都取自道教。泰山府君第一、二章已有很多論述，這裏著重討論司命與司錄。在中國早期的民眾信仰當中，司命、司錄是掌管世人命運的星神。《周禮·春官·大宗伯》：

　　以禋祀祀昊天上帝，以實柴祀日月星辰，以槱燎祀司中、司命、

　　飌師、雨師。〔註7〕

《周禮·春官·天府》：

　　祭天之司民、司祿，而獻民數、穀數，則受而藏之。〔註8〕

《楚辭》中也有《大司命》、《少司命》兩篇。

《隋巢子》：

　　司祿益民食而不餓……司命益年而民不夭。〔註9〕

在先秦時期，司命、司祿是兩個各有職司的神，他們和日月星辰、飌師雨師都是職掌人間事務的星神。在天上的星座中，文昌宮六星中有司命及司祿，三臺中也有司命、司祿。司命主人年命壽夭災祥，司祿主人錢帛財祿。大約到了漢代，司命的權責加重，逐漸兼併了司祿的職司，而司祿漸漸被人淡忘。道教後來逐漸把「司祿」寫成「司錄」，把它當作與司命一樣的記載人世善惡的神。

　　除司命、司錄外，《十王經》中還有些神祇是源自道教，如善惡童子二人，各持業簿，記錄世人所行善惡。此外，經中第四殿五官王處的秤量舍、勘錄舍中還有業秤，第五殿閻魔王處則有業鏡臺、檀茶幢等。業秤可以稱亡人之善惡罪福；業鏡臺可以顯現亡魂生前所作之事；檀茶幢有左右兩個，上有人頭，人頭能看見亡魂生前作為。閻羅王們就是根據善惡簿、業秤、業鏡以及人頭幢所反映的情況，來決定亡魂的善惡功過。除以上道教諸神被藏川的《十王經》所吸納，道教的天尊也被納入其中。《地藏十王經》中，以釋迦牟尼佛說法開頭，以天尊說偈的形式結末。從這種把佛道二教的主神並置在一經之

〔註6〕　杜斗城：《敦煌本佛說十王經校錄研究》，第 23 頁，甘肅教育出版社，1989
　　　　年。

〔註7〕　李學勤主編：《十三經注疏·周禮注疏》（上），第451頁，北京大學出版社，
　　　　1999年。

〔註8〕　李學勤主編：《十三經注疏·周禮注疏》（上），第532頁，北京大學出版社，
　　　　1999年。

〔註9〕　《四庫全書》子部，類書類，《藝文類聚》卷十引。

中的做法，我們可以看出藏川有意糅合二教的良苦用心。

魂魄說在中國起源很早，先秦的典籍之中有很多講到「魂魄」：

《易・繫辭上》中說：

> 仰以觀於天文，俯以察於地理，是故知幽冥之故。原始返終，故知死生之說。精氣爲物，遊魂爲變，是故知鬼魂之情狀。〔註10〕

《左傳・昭公七年》：

> 及子產適晉，趙景子問焉：「伯有能爲鬼乎？」子產曰：「能。人生始化曰魄，陽曰魂。用物精多則魂魄強，是以有精爽，至於神明。匹夫匹婦強死，其魂魄猶能馮依於人，以爲淫厲。」〔註11〕

《禮記・祭義》：

> 宰我曰：「吾聞鬼神志明，不知其所謂。」子曰：「氣也者，神之盛也。魄也者，鬼之盛也。合鬼與神，教之至也。」「眾生必死，死必歸土，此之謂鬼。骨肉斃於下，陰爲野土。其氣發揚於上，爲昭明，焄蒿悽愴，此百物精也。』〔註12〕

綜上可知，「魂」是主宰人精神方面的精神力；「魄」是主宰人肉體活動方面的精神力。「失魂」，人就會思維呆滯；「落魄」，人就會行動遲緩。道教繼承先秦的魂魄說，並加以推演形成「三魂七魄說」。「三魂」爲爽靈、胎光、幽精；「七魄」爲尸拘、伏屍、雀陰、吞賊、非毒、除穢、臭肺。

佛教自創始以來一直不承認靈魂存在，只有中陰身之說。藏川《十王經》以道教的三魂七魄說與佛教的三身說和八識說相配，即以爽靈、胎光、幽精與法身、報身、應身相配；以尸拘、伏屍、雀陰、吞賊、非毒、除穢、臭肺與八識中的前七識眼耳、鼻、舌、身、意、末那這七識相配，這樣就在道教三魂七魄說和佛教神識中陰說之間搭起了理論的橋梁。

藏川的兩種《十王經》糅合中土冥界思想和佛教地獄觀念，對佛教地獄觀念進一步中國化的進程影響至大。它將佛教的中陰思想與中土傳統喪俗結合在一起，融入普通民眾的日常習俗，在中國民眾信仰之中深深紮根。不僅

〔註10〕李學勤主編：《十三經注疏・周易正義》第 266～267 頁，北京大學出版社，1999 年。

〔註11〕李學勤主編：《十三經注疏・春秋左傳正義》第 1248～1249 頁，北京大學出版社，1999 年。

〔註12〕李學勤主編：《十三經注疏・禮記正義》第 1324～1325 頁，北京大學出版社，1999 年。

在中國它源遠流長影響至今未絕，而且還越洋渡海影響到三韓和日本。現在我們依然可以在韓國和日本看到許多有地獄十王塑像的冥府殿和十王殿。《地藏菩薩發心因緣十王經》在日本的影響更大，甚至有日本學者（如僧人景耀玄智）經過考證認為《地藏菩薩發心因緣十王經》是平安末期或鎌倉初期由日本人依據《預修生七經》僞撰而成的〔註13〕。

第二節　地藏信仰與城隍信仰的盛行

一、地藏信仰的盛行

中國有著名的佛教四大名山──山西五臺山、浙江普陀山、四川峨嵋山與安徽九華山，這四大名山其實乃是中國佛教信眾特別信仰的四大菩薩的道場。這四大菩薩分別是文殊菩薩、觀音菩薩、普賢菩薩和地藏菩薩。地藏菩薩是中國菩薩信仰中非常重要且影響深遠的一個，它深深滲入到中國民風民俗中去，形成了中華民族文化心理的特有的組成部分。

地藏菩薩的信仰形成於中國中古時期。雖然有關地藏菩薩的經典在南北朝的北涼時期就已經譯出，但是地藏菩薩信仰的盛行是到唐代才開始的。《大正新修大藏經》收入的有關地藏菩薩的經典有：第13卷佚譯《大方廣十輪經》、玄奘《大乘大集地藏十輪經》、實叉難陀《地藏菩薩本願經》、不空《大集經地藏菩薩請問法身贊》；第17卷菩提燈《占察善惡業報經》；第20卷輸婆迦羅即善無畏《地藏菩薩議軌》、失譯《坒窖大道心驅策法》、《地藏菩薩陀羅尼》；第85卷所收敦煌遺書《地藏菩薩十齋日》、《地藏菩薩經》以及《大正藏圖像》第6卷中《金色地藏曼荼羅圖》、《六地藏圖》、種子《地藏曼陀羅》圖；第7卷中《閻羅王授記經》等。

在《卍續藏經》中也收錄了很多有關地藏菩薩的經典，如第35冊中明代蕅益大師智旭《占察善惡業報經玄義疏》、靈耀《地藏菩薩本願經科注》、《地藏菩薩本願經科注論貫》、知性《地藏菩薩本願經演孝疏》；第129冊有《占察善惡業報經行法》、智旭《贊禮地藏菩薩懺願儀》、佚名《慈悲地藏懺法》；第149冊《常謹地藏菩薩應驗記》；第150冊有藏川《佛說地藏菩薩發心因緣十王經》、《佛說地藏菩薩預修生七經》。此外，還有題爲不空所譯的《佛說延

〔註13〕參見《佛光大辭典》，「《地藏菩薩發心因緣十王經》」條，第2332頁。

命地藏經》。

在這些有關地藏菩薩的經典中，最早的譯本是北涼時期翻譯的《大方廣
十輪經》，它的譯者名姓已佚。有關地藏菩薩的經典中實際影響最大的則是《地
藏菩薩本願經》、《大乘大集地藏十輪經》和《占察善惡業報經》這三部經典。

《地藏菩薩本願經》是關於地藏菩薩最重要的經典，題爲于闐高僧實叉
難陀所譯。日本學者羽溪了諦認爲此經形成於于闐，後來傳入中國。然而大
多數中外學者認爲《地藏菩薩本願經》是中土僞撰。因爲在唐代主要經錄如
《開元釋教錄》、《貞元新定釋教目錄》中對此經都沒有著錄，而宋、元、高
麗等歷代藏經中也沒有收載，只有在更遲的明藏中才收錄此經。所以呂澂的
《新修漢文大藏經目錄》中認爲此經爲明初始得〔註 14〕。但是從唐代地藏信
仰廣泛流傳的史實來看，這部經典有可能在唐代就已問世。

《地藏菩薩本願經》敘述地藏菩薩的本願功德、弘誓大願，還描述了地
藏菩薩的諸種本生事迹；經中還強調了頌讀本經可以消業無量，獲得不可思
議的利益功德。此經分爲十三品，內容如下：佛升切利天宮爲母說法，十方
諸佛菩薩、天龍鬼神齊來聽法；佛爲文殊菩薩說地藏菩薩往因；地藏菩薩分
身十方地獄，與諸受化眾生，來見佛陀，世尊摩頂付囑；地藏菩薩與佛應摩
耶夫人、應自在菩薩、普賢菩薩等問，說五無間事、報應之法、鐵圍山地獄、
眾生不修善之故、過去諸佛名號及校量布施功德等；之後堅牢地神明供養地
藏，佛稱讚地藏菩薩，爲地藏菩薩摩頂，付囑令度諸眾生；虛空菩薩說見地
藏像、聞地藏經可得二十八益及七種利；最後諸佛菩薩讚歎地藏菩薩。

《地藏菩薩本願經》有四個地藏菩薩的本生故事，對後世地藏菩薩的信
仰影響很大。

其一是〈切利天宮神通品〉所載。說地藏菩薩於過去久遠劫前，身爲大
長者之子。因見獅子奮迅具足萬行如來佛，具有千福莊嚴相好，由此產生了
恭敬景仰之心，爲證得此莊嚴之像，在彼佛面前發願，盡未來際不可計劫，
度脫六道罪苦眾生。廣設方便，盡令解脫。

其二爲同品經文中載，地藏菩薩原爲過去不可思議阿僧祇劫時之一婆羅
門女，其母悅帝利生前不信三寶，墮無間地獄；聖女爲救度其母出離地獄，
瞻禮覺華定自在王如來，布施塔寺，爲母設供修福，並發立弘誓，盡未來劫
廣度罪苦眾生。

〔註14〕 呂澂：《新修漢文大藏經目錄》，第 92 頁，齊魯書社，1980 年。

其三爲〈閻浮眾生感業品〉所載，地藏菩薩於過去久遠劫時爲一國王，其國內人民多造惡業，遂發願度盡罪苦眾生皆至菩提，否則不願成佛。

其四爲同品所載，地藏菩薩於過去久遠劫時爲一女子，名爲光目，其母墮於地獄受苦。光目爲救度之，並發願救拔一切罪苦眾生，待眾生盡成佛後，方成正覺。

這些故事體現了地藏菩薩的悲憫大願：「我不入地獄，誰入地獄？」、「地獄不空，誓不成佛」與「眾生度盡，方證菩提」的大無畏的自我犧牲精神，撼人心魄，感人至深。這也即地藏信仰之所以可以在中國廣受信奉的原因。尤其是上述故事中的兩個救母故事，講地藏菩薩不畏艱險親歷地獄，度脫其母出離地獄，非常合乎中國的孝道思想，因此更受中土人士的歡迎，所以在宣傳佛教的善惡報應、勸善懲惡等方面影響甚巨。正是爲此民國時期著名的佛教大師印光在他的《地藏菩薩本願經·序》中盛讚這一部經典說：「誠可謂險道導師，昏衢之慧炬，貧乏之寶藏，凶歲之稻粱。俾一切迷味眾生，速得覺悟，一切孝順兒女，有所師承。」〔註15〕

《大乘大集地藏十輪經》是唐代玄奘大師有感於早期翻譯的《大方廣十輪經》不夠完善，認爲「舊經以來，年代蓋久，但譜第遺目，傳人失記……」，因此花費一年時間重新翻譯了這部經典，使「舊本所有，今更詳明，舊本所無，斯文具載」〔註16〕。

這部經典介紹了地藏菩薩名稱的由來：「安忍不動，猶如大地。靜慮深密，猶如秘藏。」還強調了地藏菩薩如觀世音菩薩一樣，也可以於十方世界現種種身，說種種法，超度眾生脫離無盡苦難。經中還說地藏菩薩與其它諸大菩薩的不同在於他常現出家相，也就是〈序品〉中所謂「以神通力，現聲聞像」。這表現了地藏菩薩的無上悲願，因爲現出家相可以使眾生見聞薰染得身心清淨。另外，現出家相是來此穢土成佛的特徵。釋迦牟尼佛也是現出家像出此世間度脫眾生的，所以地藏菩薩於五濁末世現聲聞身，救度有情眾生不令墮入地獄，體現了身處末法而奮力救世的偉大精神。這種精神中所蘊含的憂患意識和護法、護教的思想對後世歷代有識高僧影響很大。

《占察善惡業報經》題爲天竺三藏菩提燈所譯，但是學界一般認爲它是

〔註15〕印光：《地藏菩薩本願經序》，民國十七（1928）年。見福建莆田廣化寺 1982 年印本。

〔註16〕《大正藏》第 13 卷，《大乘大集地藏十輪經》玄奘序，第 777 頁 a。

中土僞撰。《占察善惡業報經》中地藏菩薩詳細介紹了用木輪相法來占察人們的宿世善惡之業以及現世的苦樂吉凶等，是通過占卜數相的方法來體現佛教教義，是佛教因果說的占卜化。

九華山成爲中國地藏菩薩的道場，與唐代新羅僧人金地藏在九華山苦修被認爲是地藏菩薩顯聖示化有關。有關金地藏的記載是唐費冠卿於元和八年（813 年）撰寫的《九華山化城寺記》〔註17〕。費記中描寫了俗姓金、法名地藏的新羅僧人於九華山修行，德行高深受人尊重，還寫了他的一些靈異故事，如山神湧泉、發石得可食之土、圓寂前山鳴石隕、扣鐘無聲；更重要的是他示寂後趺坐函中「三周」（《宋高僧傳》作「三稔」〔註18〕）後，開函入塔時，發現其顏貌鮮活如生，舁動骨節，如撼金鎖之聲。這與佛經中所云「菩薩鈎鎖，百骸鳴矣」相符合。建塔之時，塔基之地，發光如火，狀若圓光，因而僧俗兩眾將塔廟合理保護，可見在唐代金地藏就已經被人們奉爲地藏菩薩應化之身。此後九華山就被認定爲地藏菩薩的道場，經過千百年來歷代僧俗的經營，至今已是名刹林立、香火鼎盛的佛教聖地。

二、城隍信仰的盛行

「城隍」二字，最早見於《周易》：「城復於隍，勿用師。」〔註19〕據唐·孔穎達《周易正義》云：「『城復於隍』者，居泰上極，各反所應，泰道將滅，上下不交；卑不上乘，尊不下施，猶若『城復於隍』也。」〔註20〕其意義極爲抽象。《子夏傳》云：「隍是城下池也。城之爲體，由基陪扶，乃得爲城。」〔註21〕由此後人就將城隍的原意引申爲城壁和城下池了。例如班固《兩都賦序》：「京師修宮室，浚城隍，起苑囿，以備制度。」〔註22〕在這裏班固所寫「城隍」就是指護城河。但是據現存史料來看，當時並沒有把城隍作爲祭祀

〔註17〕《全唐文》卷 694，第 7129～7130 頁，中華書局影印本，1988 年。

〔註18〕〔宋〕贊寧：《宋高僧傳》卷二十〈感通篇·唐池州九華山化城寺地藏傳〉，第 515～516 頁。

〔註19〕李學勤：《十三經注疏·周易正義》卷二，第 69 頁，北京大學出版社，1999 年。

〔註20〕李學勤：《十三經注疏·周易正義》卷二，第 69 頁，北京大學出版社，1999 年。

〔註21〕李學勤：《十三經注疏·周易正義》卷二，第 69 頁，北京大學出版社，1999 年。

〔註22〕費振剛等集校：《全漢賦》，第 311 頁，北京大學出版社，1993 年。

和信奉的對象。東漢以後，隨著佛教輸入，道家模彷佛教的神佛觀念，將仍然在民間活躍的社祭活動，納入道教信仰體系，開始形成城隍和土地神的信仰。

　　土地神信仰其實是上古社祭的延續。後漢《白虎通義・社稷》：「王者，自親祭社稷者何？社者，土地之神也；土生萬物，天下之所王也。」〔註 23〕這裏明確說明「社」就是土地神。城隍的神被人格化很早，大約三國時代就開始了，有關這一方面，《搜神記》有所記載：

　　　　蔣子文者，廣陵人也。嗜酒好色，挑達無度，常自謂己骨青死
　　當為神。漢末為秣陵尉，逐賊至鍾山下，賊擊傷額，因解綬以縛之；
　　有頃，遂死。及吳王（孫權）之初，其吏見文於道，乘白馬執白羽
　　扇，侍從如平生。見者驚走，文追之，謂曰：「我當為此土地神也。
　　以福爾下民。爾可告百姓，為吾立祠。不爾，將有大咎。」……於
　　是使使者封子文為中都侯，次第子緒為長水校尉，皆加印綬，為立
　　廟堂，改鍾山為蔣山，今建康東北蔣山是也。〔註 24〕

這是蔣子文為南京城隍神的最初的緣由。其實比南京蔣子文更早的城隍是見載於《春明夢餘錄》卷二十二的「蕪湖城隍」：

　　　　城隍名見於易，若廟祀，則莫究其始。唐李陽冰謂城隍神祀
　　典無之，惟吳越有爾。宋趙與時辯其非，以為成都城隍祠，太和
　　中李德裕建；李白作韋鄂州碑，有城隍祠；又杜牧刺黃州，韓愈
　　刺潮州，麴信陵刺舒州，皆有城隍之祭，則不獨吳越然矣。而蕪湖
　　城隍建於吳赤烏二年，則又不獨唐而已。〔註 25〕

上述兩則材料一則是志怪小說，一則是一千年後清人的筆記，稗官野史的記載自然不十分可靠。正史中對城隍的記載則以下引二則為早：

《北齊書・慕容儼傳》：

　　　　梁司徒陸法和、儀同宋蒩等率其部下以郢州城內附。時清河王
　　岳帥師江上，……眾咸共推儼。岳以為然，遂遣鎮郢城。始入，便
　　為梁大都督侯瑱、任約率水陸軍奄至城下。……城中先有神祠一所，
　　俗號城隍神，公私每有祈禱。於是順士卒之心，乃相率祈請，冀獲

〔註 23〕〔清〕陳立撰：《白虎通疏證》卷上，第 91 頁，中華書局，1994 年。
〔註 24〕《搜神記　唐宋傳奇集》，第 46 頁，上海古籍出版社，1998 年。
〔註 25〕〔清〕孫承澤：《春明夢餘錄》卷二十二，第 317 頁，北京古籍出版社，1992
　　　　年。

冥祐。〔註26〕

《隋書・五行志》：

> 梁武陵王紀祭城隍神，將烹牛，忽有赤蛇繞牛口。⋯⋯〔註27〕

上述第一則史料中，郢州指現河南省信陽市南。第二則史料中武陵王是指梁武陵王蕭紀，其祭城隍之地是他的鎮守之地益州（四川省一帶）。這兩則祭祀城隍的記載說明南北朝時期城隍祭祀已經很普遍，城隍之祀已經開始進入政府的正式祀典。而郢州、益州兩地又都是東晉南渡以後，北方民眾僑居之地，這又可讓我們推測城隍之祀有可能始自六朝之前。入唐以後，中國本土縣社、里社的土地神信仰更與佛教的天堂地獄觀念以及道教的陰陽來世觀念結合而開始形成城市保護神——城隍的信仰。城隍不僅是城市的保護神，而且還取代了一部分閻羅王的職能，成為現實尤其是來世的司法神，他負責所轄地的人死後靈魂最初的審判，然後再送至十殿閻羅處處置。

據唐初牛肅《紀聞》所載，「吳俗畏鬼，每州縣必有城隍神」〔註28〕，在民間，舉凡祈雨、求晴、招福、禳災諸事，皆會禱告於城隍之神。於是佛教、道教很快就把這個有威懾力的神吸收進了各自的神譜並給他很高的地位。據五代杜光庭《道門定制》卷二說，城隍管死魂靈，道士給死人建醮超度，要給城隍打報告（這叫城隍牒），城隍同意才能放亡靈去接受道士的超度。

在唐代城隍信仰似乎在吳地格外興盛，但並非只有吳越才有〔註29〕。雖然從《開元禮》、《通典通考》、《資治通鑒》等史書中，我們可以得知「城隍之祀」在唐代沒有列入朝廷正式祀典，但是我們考察《太平廣記》中的唐代筆記小說就可以發現，其時民間的城隍信仰還是很普遍的。《廣異記》、《稽神錄》、《酉陽雜俎》、《報應錄》、《續神仙傳》等書中所載關於城隍故事的發生地點，吳越之外，還有長沙、渭州、梁州、滑州、洪州等地。《全唐文》中也收入許多名家的祭城隍文，如韓愈的《潮州祭神文》、《袁州祭神文》，段全緯《城隍廟記》，李商隱《為安平公兗州祭兗州城隍文》、《為懷州李使君祭城隍神文》、《為中丞滎陽公賽城隍神文》、《為中丞滎陽公賽理定縣城隍

〔註26〕《北齊書》列傳第十二，第280～281頁，中華書局，1972年。

〔註27〕《隋書》志第十八，第658頁，中華書局，1973年。

〔註28〕李昉等：《太平廣記》卷三○三〈宣州司戶〉，第2400頁，中華書局，1961年。

〔註29〕參見《北齊書》卷二十，《全唐文》卷七二一段全緯《城隍廟記》；又唐人李陽冰《縉雲縣城隍記》說：「城隍神祀典所無，唯吳越有之。」（《賓退錄》卷八亦引此句）。

神文》、《爲中丞滎陽公祭桂州城隍神祝文》等等，這些文章都有力地證明了唐代尤其是中晚唐城隍信仰的盛行與普遍。

在唐代，城隍神已有塑像，據《廣異記》所載：

開元中，滑州刺史韋秀莊暇日來城樓，望黃河樓中，忽見一人，長三尺許，紫衣朱冠，通名參謁。秀莊知非人，問：「是何神？」答曰：「即城隍之主。」又問：「何來？」答云：「黃河之神欲毀我城，以端河路。我固不許。」〔註30〕

這說明在唐人心目中城隍的形象是紫衣朱冠，城隍廟中的塑像一般也應是如此。唐昭宗時期城隍神開始以人格神的形象出現。昭宗光華元年（898 年），已經敕封華州城隍神爲濟安侯，到了五代梁開平二年（908 年），吳越王錢鏐嘗於鎮東軍（今紹興）臥龍山上重建「牆隍廟」，奏請故唐右尉總管龐玉爲城隍神，並且封其爲崇福侯。這是首次以一個人名來命名城隍神，這應該是最早的以人鬼爲城隍的記載。此後歷代對城隍都有加封。後唐清泰元年（934 年），閔帝首先詔封各州城隍爲「王爵」。《冊府元龜》：「詔杭州城隍神改封順義保寧王，……湖州城隍神封阜俗安成王，越州城隍神興德保闉王，從兩浙節度使錢元瓘奏請也。」〔註31〕隱帝乾祐三年（950 年）八月，以蒙州城隍神爲威靈王，從湖南節度使馬希範奏請也。從此城隍就有了「城隍王爺」的尊稱，後又簡稱爲「城隍爺」。由此我們瞭解到，在五代以後，城隍開始受到君主的重視，並加上封號，躋身於國家正式的祀典之中。

但是城隍大盛，成爲一個人人皆知、處處都有的神祇，則是宋以後的事情。宋代的開國君主趙匡胤就非常重視城隍廟祀。《宋史·禮志》：「建隆元年（960 年）六月，太祖平澤潞，仍祭……城隍。征揚州河東，並用此禮。」建隆四年「十一月，詔以郊祀前一日，遣官奏告東嶽……城隍，浚溝廟、五龍廟、及子張、子夏廟。他如儀。」〔註32〕《宋史·禮志》又云：「嶽瀆城隍，……封賜之多，不能盡錄云。」〔註33〕《文獻通考》「郊社」：駕（宋高祖）征潞州，……所過州府河橋及名山大川，帝王名臣陵廟，去路十里內者，各令以香告祭，從之。六月，平澤潞。及車駕還宮，皆遣告天地、大廟、

〔註30〕〔唐〕唐臨撰、戴孚撰，方詩銘輯校：《冥報記　廣異記》，第 59 頁，中華書局，1992 年。

〔註31〕〔宋〕王欽若著等編：《冊府元龜》卷二十四。

〔註32〕《宋史·禮志》卷一百二，志第十五，第 2497 頁，中華書局，1977 年。

〔註33〕《宋史·禮志》卷一百五，志第五十八，第 2562 頁，中華書局，1977 年。

社稷；仍祭馘廟、泰山廟、城隍廟。經過宋高祖如此推崇，城隍在宋後被列入國家祀典已經成爲慣例。帝王與中央政府如此重視，各地方奉祀城隍神的風習，更是待之儼若人間的地方長官，於是各州縣的城隍神也就分別由不同的人鬼來擔任。宋趙與時《賓退錄》卷八就曾說：「今其祠幾遍天下，朝家或錫廟額，或頒封爵，未命者，或襲臨郡之稱，或承流俗所傳，郡異而縣不同，至於神之姓名，則又遷就附會，各指一人。」〔註34〕據趙與時統計，當時的城隍廟遍佈大江南北各個州縣。特別是北宋汴京的靈護廟，城隍封「祐聖王」；南宋臨安的永固廟，城隍封「顯正康濟王」。由此可見，宋代民間對城隍神的崇拜較前代更加普遍了。地方官到任之初拜謁城隍廟的習俗也起於宋代，《水東日記》：「范文甫嘗問程伊川，到官三日例須謁廟。」〔註35〕

而元明以降，城隍受到統治者的青睞，地位更加顯要。元代韓從政《祐聖王靈應碑》說，至正年間，皇帝再次封城隍爲王，並大修廟宇，「壯如王者之居，」並宣佈城隍的職權從管死人升格爲「司分善惡，部領山川」。據說當時城隍香火頗盛，每到初一十五，人們便紛紛湧到城隍廟，祈福禳災〔註36〕。到了明代洪武年間，城隍又升了一級，應天、開封、臨濠、太平四府城隍都封了王，官正一品，其它各府城隍封公，合正二品，州城隍封侯，正三品，縣城隍封伯，正四品。而後來的南北二京的城隍更是威風八面，被稱爲「都城隍」，封爲帝，在他們左右擺開十三省城隍。每當舉行大典，活生生的府尹在下陪著土塑木雕的都城隍，十三布政司則站著伺候各省城隍，這時城隍們的職權又提高了。《太上老君說城隍感應消災集福妙經》載，城隍不僅可以「剪惡除凶，護國保都」，還可以旱田降雨，雨天放晴，「禱雨則甘霖蘇槁，禾稼成熟；祈晴則化陰爲陽，應時即霽」〔註37〕。幾乎成了代替原始天尊、玉皇大帝管理下界蒼生的「特命全權大使」。所以，直到清代，城隍一直受到特別隆重的祭祀，每當三月清明，城隍出巡時，人們定要熱熱鬧鬧地慶祝一番〔註38〕。

〔註34〕〔宋〕趙與時：《賓退錄》卷八，第103頁，上海古籍出版社，1983年。

〔註35〕〔明〕葉盛：《水東日記》卷三十，第296頁，中華書局，1980年。

〔註36〕〔清〕于敏中等編纂：《日下舊聞考》卷五十，第792～793頁，北京古籍出版社，1983年。

〔註37〕《道藏》第34冊，第748頁上、下。

〔註38〕《清俗紀聞》卷一《清明》；又，各地城隍出巡日不一樣，這是指蘇州附近等地，而北方則有的在四月二十二日，有的在五月朔日，見《燕京歲時記》。

文　化　編

第四章　中國地獄傳說與佛教倫理

　　佛教歷來重修養，講德行，素有「道德宗教」之稱，倫理是佛教的基本內容。荷蘭學者蒂勒將佛教與基督教、伊斯蘭教列爲普世性倫理宗教〔註1〕，蘇聯學者謝・亞・托卡列夫也強調說「佛教就其本意乃是一種倫理學說」〔註2〕。

　　誕生於古代印度社會的佛教，以其獨特的人生觀和宇宙觀形成了以五戒十善、四攝六度、三世因果、輪迴報應的爲主體的倫理思想。佛教倫理是佛教的重要的組成部分。在其長期發展傳播的過程中，佛教形成一套獨特的倫理體系。它規定了人與佛、人與人、人與社會、人與自然以及人與自身等的倫理關係。作爲一種外來的倫理思想，佛教的倫理觀念在自傳入中土以後，對中國的倫理道德體系產生了重大的影響，同時也爲了適應中華文化的大環境，不斷吸收儒家、道教的倫理思想，逐漸中國化而成爲迥異於天竺的倫理系統。

　　自魏晉南北朝以來，中國志怪傳奇小說中表現地獄輪迴報應的作品層出不窮，這些小說中尤其是所謂的「釋氏輔教之書」（如南朝齊王琰的《冥祥記》、唐朝唐臨的《冥報記》等）都是以懲惡揚善爲主題，其倫理意義是突出的。特別是那些地獄故事所反映的地獄報應觀念及其所彰顯的佛教倫理對民眾的影響是非常巨大的。下面我們將就魏晉迄至隋唐的「地獄巡遊」的小說中表

〔註1〕　呂大吉：《宗教學通論新編》，第 95～96 頁，中國社會科學出版社，1998年。

〔註2〕　〔俄〕謝・亞・托卡列夫著，魏慶微譯：《世界各民族歷史上的宗教》，第296頁，中國社會科學出版社，1985 年。

現的佛教倫理加以分析。

第一節　中古地獄小說中的「地獄審判」與佛教倫理

一、五戒、十善

　　中古地獄小說所表現的倫理思想，以佛教倫理爲主體，但是爲了適應和迎合中國普通民眾根深蒂固的傳統，這些小說中的倫理觀念是中國化和民間化的佛教倫理，其中吸收了大量的源自本土的儒家和道教的倫理思想。

　　佛教認爲，人的身（行爲）、口（語言）、意（心理思維）的活動均是在造業。「業」爲「造作」，《俱舍光經》卷十三〈分別業品　第四〉：「造作，名業。」〔註3〕所謂業力，是人的一切思想意識以及言行活動綜合而成的具有延續性的能夠生起苦樂果報的力量。業力相續不斷推動生命生死輪迴。按照佛教倫理原則，業分爲善業、惡業與無記業，凡能導致對自他有益的即是善業，反之是惡業，不善不惡爲無記業。所做的業，如同埋下的種子，或當世、或來世總要受到報應。一旦條件成熟，善業將得福報，惡業將得惡報。佛教與其它宗教一樣強調「諸惡莫作，眾善奉行」，但是佛教在更深的層次上詮釋了揚惡止善的倫理意義。人的一切活動都在業力相續的、善惡果報的因果鏈條之中。現在是過去的果，現在又是未來的因。人死後生命如瀑流一樣仍承載著各種業力並隨業受報，尋求新的生命載體而延續輪迴。佛教的因果說突出了個體必須對自己的言行負責的責任感。業力不滅，但不可能他力自受或自力他受。墮落惡道抑或成就涅槃，因果皆由自造。

　　《弘明集》卷十三中郗超《奉法要》非常形象地描述了人的善惡行爲與來生命運的因果關係：

> 三界之內，凡有五道：一曰天，二曰人，三曰畜牲，四曰餓鬼，五曰地獄。全五戒則人相備，具十善則生天堂。全一戒者，則亦得爲人。人有高卑或壽夭不同，皆由戒有多少。反十善者，謂之十惡，十惡畢犯，則入地獄。抵揬強梁，不受忠諫，及毒心內盛，徇私欺殆，則或墮畜牲，或生蛇虺。慳貪專利，常苦不足，則墮餓鬼。其罪輕少，而多陰私，情不公亮，皆墮鬼神。雖受微福，不免苦痛，

此謂三途，亦謂三惡道。〔註4〕

　　這就是說，奉行十善的人命終可入天堂，奉持五戒或一戒的死後可再度為人，來世的報應根據持戒多少而有分別。因此人也就有了地位尊卑、生命壽夭之分。違反十善者下地獄，其它雖非十惡全犯，但只要有不善之業，則視情況或墮為畜牲，或墮為餓鬼。一個人生前持戒或犯戒，行善或作惡，決定了下世生命形態的上升或下墮。善有善報，惡有惡報，善必受樂，惡必受苦，這被認為是支配人生命運的法則，顯然，因果報應論含有道德導向作用，決定了佛教信仰者的倫理價值取向。

　　按照佛教規定，對於出家教徒（比丘、比丘尼）和俗家弟子（優婆塞、優婆夷）各有條目繁複的必須嚴格遵守的「戒律」和自覺奉行的「善行」。比如通行的《四分律》規定僧戒就有二百五十條、尼戒則多至三百八十四條，男女居士也需信守「五戒」、「八戒」。其中「五戒」、「十善」一類的抑惡揚善的道德準則和行為規範是僧、尼、居士都應當恪守的。這些戒律思想反映了佛教基本的善惡觀念。

　　五戒，這是佛教最基本、最重要的戒律，具體是指不殺生、不偷盜、不淫邪、不妄語、不飲酒。郗超曾在《奉法要》中強調五戒的作用：「不殺則長壽，不盜則常泰，不淫則清淨，不欺則人常敬信，不醉則神理明治。」〔註5〕

　　十善，這是五戒的擴展，由五戒中去掉飲酒戒又增加六條戒律而成。《十不善業道經》說：「此十不善業道，體性是罪。若樂求佛道者，遠離彼過，當如是知。何等為十？所謂身業三種，語業四種，意業三種。於是義中，今當解說。身三種者：殺生、不與取、欲邪行。語四種者：妄言、綺語、兩舌、惡語。意三種者：貪、瞋、邪見。」〔註6〕這就是十不善業，反之則為十善業。

　　十善與五戒相比，兩者的基本精神是一致的，其中四條戒規也是相同的。但同時兩者各有特點：十善比起五戒來更為全面，他從思想、語言和行為三個方面明確規定了佛教徒不應當想什麼、說什麼和做什麼；五戒偏重於身業，十善著重於意業和口業。「五戒」、「十善」是各個時期、各個國家、各個民族的佛教徒應當而且必須遵守的道德準則和行為規範。

〔註4〕　郗超：《奉法要》，見《弘明集》卷十三，《弘明集　廣弘明集》第87頁下～88頁上，上海古籍出版社，1991年。

〔註5〕　郗超：《奉法要》，見《弘明集》卷十三，《弘明集　廣弘明集》第87頁中，上海古籍出版社，1991年。

〔註6〕　《大正藏》第17卷，《十不善業道經》卷1，第457頁c。

　　由上述情況我們知道，佛教的善惡觀念是與三世因果和六道輪迴的信仰緊密相關的，因果輪迴是佛教善惡觀念的基石，而天堂地獄說又是三世因果和六道輪迴信仰的核心。天堂地獄觀念是人類歷史上一切人為宗教的基本教義和必不可少的組成部分。所謂「誘之以天堂，懼之以地獄」，沒有天堂地獄說，宗教就不能發生其安慰和恫嚇作用；沒有天堂地獄說，善惡報應論也就失去了強大的說服力和威懾力。天堂地獄觀對普通民眾的影響主要是通過民間傳說的「地獄巡遊故事」，這些故事又經常被佛教寺院對民眾宣教的「俗講」當作素材。在六朝、隋唐時期在民間廣為流傳的「地獄巡遊」故事大量保存在同時代的志怪傳奇小說中。

　　「地獄巡遊」故事，除了「誤勾入冥」故事以外，幾乎都是觸犯佛教戒律「五戒」、「十善」的人入冥受罰的故事。據上引《十不善業道經》，佛教戒律主要可分為身、口、意三類。其中身業有三：不殺生、不偷盜、不邪淫，與五戒同。口業有四：不妄語與五戒同；另外還有不兩舌，即不搬弄是非，不挑撥離間；不惡口，即不說污言穢語，不冷嘲熱諷，不惡意攻擊，不尖刻批評；不綺語，是指不花言巧語，不說淫穢的話，不唱淫詞豔曲。意業有三：不貪欲，即對他人的財物、權位、妻室，不起佔有的邪念；不瞋恚，指對他人不起忿恨之心；不邪見，即不違背佛教的見解。

　　我們分析六朝、隋唐志怪小說中的一些有代表性的入冥故事，可以發現幾乎都是世人觸犯佛教戒律「五戒」、「十善」而被追入冥接受審判和懲罰的故事。小說就是通過地獄對這些罪過的審判與懲罰，來警誡世人謹守戒條，行善止惡。身業中首戒即是不殺生，不僅指不殺人，還包括不殺鳥獸蟲蟻和不亂折草木，「不殺」戒表現了對一切生命的尊重。基於慈悲心的不殺生戒，中國佛教還特別反對戰爭和刑殺〔註7〕，並且在提出了斷酒肉、吃素食、放生等主張，這在世界宗教中都是獨樹一幟的貢獻。自南朝梁武帝作《斷酒肉文》強調「酒為放逸之門」，「肉是斷大慈種」，認為飲酒食肉會得到惡報〔註8〕。在皇家的推廣下，僧人蔬食漸漸成為普遍的生活準則。中國佛教不殺生的思想根據，一是「萬物一如」、「萬物一體」的觀念，認為萬物眾生彼此平等，不能相互殺害；二是基於生死輪迴的觀念，將人與其它生命聯繫起來，認為

〔註7〕　《大正藏》第 53 卷，《法苑珠林》卷七三，第 839 頁 c～842 頁 c。
〔註8〕　《廣弘明集》卷二十六，第 305～313 頁，見《弘明集　廣弘明集》，上海古籍出版社，1991 年。

其它眾生是自己過去的父母；戒殺與放生也是孝順的表現。

　　因觸犯殺戒而入冥受罰的故事有很多。例如六朝時期劉義慶《幽明錄》收錄的巫師舒禮的故事。巫師舒禮病死後被土地神送詣太山，由於生前經常為人「解除祠祀，或殺牛犢豬羊雞鴨」，所以牛頭鬼吏用鐵叉叉上熱鏊，「身體焦爛，求死不得」。由於餘算八年，舒禮被放還陽，復生後再也不作巫師了〔註 9〕。又如王琰的《冥祥記》中的「阮稚宗」條，稚宗「因好漁獵，被皮剝臠截，俱如治諸牲獸之法；復納於深水，鉤口出之，剖破解切，若為膾狀。又鑊煮爐炙，初悉糜爛，隨以還復，痛惱苦毒，至三乃止」〔註 10〕。唐代唐臨的《冥報記》「孔恪」條則講孔恪因殺牛和雞卵入冥受罰〔註 11〕。《法苑珠林》中「齊士望」條，齊士望因平生好燒雞子，入冥受熱灰城中燒灼之苦〔註 12〕。牛肅《紀聞》中「屈突仲任」因生前殺害千萬頭牲畜，入冥後受所殺牲畜亡靈的追訴，被納入皮囊中棒打，「血遍流廳前，須臾血深至階，可有三尺」〔註 13〕。「屈突仲任」的故事後世還被敷衍成白話小說《屈突仲任酷殺眾生，鄆州司馬冥全內侄》，收入明代馮夢龍所編白話小說集《初刻拍案驚奇》卷三十七。因殺生而入冥受罰的故事在中古小說中還有很多，由於殺生是佛教五戒之首，所以小說中冥司對殺生的懲罰也最為嚴酷。

　　不偷盜戒是說對其它人的東西，即使是一草一木、寸紙尺線，未得物主允許，決不能擅自取用。因盜竊而入冥受罰的故事也很多。如《冥祥記》中「道志」條就是這樣，道志管理寺院殿塔時，盜竊帳蓋寶飾甚至佛像眉間珠相，因此生時就被異人以戈矛刺之，應聲流血，傷痍遍體，以致死亡。死後入地獄受罰備受痛毒，方累年劫，未有出期〔註 14〕。又如《冥報記》中「冀州小兒」條，冀州外邑小兒因平日常盜鄰家雞卵，被追入冥受熱灰城之燒灼，出冥後「半脛以上，血肉焦乾，其膝以下，洪爛如炙，抱歸養療之，髀以上肉如故，膝下遂為枯骨」〔註 15〕。佛教反對偷盜，有制止不勞而獲的正面意義，也有維護統治階級利益的意涵。

〔註 9〕魯迅：《古小說鉤沈》，第 161 頁，齊魯書社，1997 年。
〔註 10〕魯迅：《古小說鉤沈》，第 324 頁，齊魯書社，1997 年。
〔註 11〕李時人：《全唐五代小說》第一冊，第 70 頁，陝西人民出版社，1998 年。
〔註 12〕〔宋〕李昉：《太平廣記》第八冊，第 3044～3045 頁，中華書局，1961 年。
〔註 13〕李時人：《全唐五代小說》第一冊，第 212～214 頁，陝西人民出版社，1998 年。
〔註 14〕魯迅：《古小說鉤沈》，第 334～335 頁，齊魯書社，1997 年。
〔註 15〕李時人：《全唐五代小說》第一冊，第 60～61 頁，陝西人民出版社，1998 年。

　　不淫邪戒是指禁止居士發生不正當的男女關係，至於出家人則是完全的徹底的禁欲，若有犯者，永被逐出佛門。因淫欲而入冥受罰的故事在中古小說中幾乎見不到，這是中國文學特有的現象。中國文學尤其是明清以前的作品（除唐宋傳奇小說中的少數篇章外）一般很少言及情欲，也很少謳歌愛情。詩歌中常見的是寄內詩和悼亡詩而不是戀愛詩歌。這一點與西方文學不同。同是有關地獄的文學，意大利著名詩人但丁的《神曲》第五篇中就專門寫了地獄第二圈中色欲場中靈魂——弗蘭切斯嘉與保羅的戀愛，對他們的愛情寄寓了深切的同情，並被感動得「昏暈倒地，好像斷了氣一樣」〔註16〕。而中國倫理向來「嚴男女之大妨」，即使佛經中有言及男女方面的事情，也是闕譯或以音譯來代替以適合中國民眾的接受心理。如敦煌《蓮花色尼出家因緣》就是不講蓮花色尼與其女共嫁其子之事；而《華嚴經》中善財童子五十三參中第二十六參所訪學的是一位淫女，這位淫女「已成就離欲實際清淨法門」，她說，若有人「詣我」、「見我」、「與我語」、「執我手」、「共我宿」、「目視我」、「見我頻申」、「觀察我」、「阿梨宜我」、「阿眾鞞我」等，都可得佛之三昧。這裏的「阿梨宜我」、「阿眾鞞我」，意思是「擁抱」、「接吻」，翻譯時就用了音譯。這正如陳寅恪先生所言：「支那佛教徒，關於君臣父子之觀念，後雖同化，當其初期，未嘗無高僧大德，不顧一切忌諱，公然出而辯護其教中無父無君之說者。獨至男女性交諸要義，則此土自來佛教著述，大抵噤默不置一語。」〔註17〕也許正是由於陳寅恪先生所說的原因，表現淫欲入冥受罰的中古小說很難見到。

　　不飲酒則是為了保持清醒智慧，以利於修行。因飲酒而入冥受罰的故事較少，這是因為中國人一般認為少量飲酒而不醉並非了不起的大罪過。唐代戴孚《廣異記》中「河南府史」條寫河南府史王某暴卒經數日復生，自說是因為他平生好飲酒，雖無狂亂未辜負他人亦是罪過，所以在地獄被冥吏用竹杖染水後點其足。復生後「腳上點處，成一釘瘡，痛不可忍」〔註18〕。王某在地獄中僅受輕罰即被放還陽世，這一點也反映了世人對飲酒的普遍態度。

　　口業有四：不妄語、不兩舌、不惡口、不綺語。因口業而入冥受罰的故

〔註16〕〔意大利〕但丁：《神曲》第五篇，第 21～23 頁，王維克譯，人民文學出版社，1997 年第 3 版。
〔註17〕陳寅恪：《蓮花色尼出家因緣跋》，見《寒柳堂集》，第 174 頁，三聯書店，2001 年。
〔註18〕〔宋〕李昉：《太平廣記》卷第一百二，第 3047 頁，中華書局，1961 年。

事，在中古小說中有很多。比如《冥報記》〈趙文信〉條寫貞觀中遂州人趙文信暴死，見閻羅王，自言好庾信文章，閻羅王曰：「庾信是大罪人，在此受苦。」即令引出庾信，「乃見是龜，身一頭多」。後庾信化爲人身自言：「我是庾信，爲生時好作文章，妄引佛經，雜糅俗書，誹謗佛法，謂言不及孔老之教，今受罪報龜身，苦也。」〔註19〕《冥報記》〈楊師操〉條，楊師操立性毒惡，喜論人過，每鄉人有事，無問大小，即錄告官。被追入地獄責罰，因發願志禮十方佛，心懺悔，改卻毒心，遂蒙放還。復活後長齋禮念，勤誠修善〔註20〕。《冥報拾遺》〈梁氏〉條，梁氏被誤追入冥，因生平有兩舌惡罵之罪須受罰而歸，「一人拔舌，一人執斧斫之。日常數四，凡經七日」。復生後，家人視其舌上，猶大爛腫〔註21〕。《五燈會元》卷一七圓通法秀禪師戒黃庭堅作詞曰：「汝以豔詞，動天下淫心，正恐生泥犁耳。」文人因綺語而入地獄的言論後世多有，錢鍾書先生曾有專門論述，可參看《管錐篇》第二冊「太平廣記」四十七卷一○二。

意業有三：因意業而入冥受罰的故事在中古小說中也有表現。《冥報記》「傅奕」條所載唐太史傅奕不信佛教，違背佛教的見解，所以死後被打入泥犁地獄〔註22〕。《廣異記》「盧弁」條言盧弁夢入地獄，目睹嫉妒的女人受懲罰，「牛頭卒十餘，以大箕抄婦人，置磨孔中，隨磨而出，骨肉粉碎，苦痛之聲，所不忍聞」，其伯母亦在將被行刑的隊伍中，盧弁持頌《金剛經》救其伯母還陽〔註23〕。

「五戒」、「十善」是佛教倫理最核心的內容，而這些內容在中古小說中的大量表現，說明佛教倫理對中國倫理影響深廣，它的基本戒律已經成爲大眾普遍信守的倫理標準。

二、入冥故事的勸善效果及佛教倫理的歷史作用

作爲中國的兩大宗教，佛教與道教一直以來都有互相爭奪信徒的鬥爭。

〔註19〕〔宋〕李昉：《太平廣記》卷第一百二，第 689 頁，中華書局，1961 年。
〔註20〕〔宋〕李昉：《太平廣記》卷第一百二，第 3045～3046 頁，中華書局，1961 年。《法苑珠林》卷九三引作《眞祥記》、《太平廣記》引作《冥祥記》並訛。按李劍國《唐五代志怪傳奇敘錄》考證爲《冥報記》。
〔註21〕〔宋〕李昉：《太平廣記》卷第三百八十六，第 3078 頁，中華書局，1961 年。
〔註22〕〔唐〕道世：《法苑珠林》卷七十九，《十惡篇‧邪見部》，第 563 頁上，上海古籍出版社，1991 年。
〔註23〕〔宋〕李昉：《太平廣記》卷第一百二，第 3048～3049 頁，中華書局，1961 年。

爭取信徒需要有力的宣傳手段，而在這一方面，佛教技高一籌。民間傳說與寺院講唱的「地獄巡遊」故事對佛教地獄信仰的傳播起到了重要的宣傳效果，尤其是在六朝時期。這些民間傳聞對後世文人的小說創作的影響也很大，因為「流行在民間的小說，往往成為唐代傳奇小說的題材來源」，「『市人小說』為文人傳奇提供了一些新的內容與藝術技巧」〔註24〕。

中古小說中所保留的當時民間傳說裏的這些地獄故事對佛教倫理的傳播有很大的作用。所以梁慧皎的《高僧傳·唱導論》中寫到寺院俗講的宣傳效果：「談無常，則令心形戰慄；語地獄，則使怖淚交零。徵昔因，則如見往業；覈當果，則已示來報。」〔註25〕《冥祥記》中「趙泰」條也寫了趙泰巡遊完地獄，回到水官處，主者告訴他：「奉法弟子，精進持戒，得樂報，無有謫罰也。」由於趙泰尚有餘算三十年，所以被放還陽。臨別，主者說：「已見地獄罪報如是，當告世人，皆令作善。善惡隨人，其猶影響，可不慎乎？」趙泰復活後，宣講他在地獄的經歷，很多人聽後深受震撼，信奉了佛法〔註26〕。

中古小說中的地獄故事所傳播的「地獄之說」在冥冥之中給人一種惡者得到懲罰，善者冤屈得伸的心靈慰藉。勿庸置疑，按現代人觀念來看，天堂和地獄之說自然都是荒誕不經的。但它千百年來能長久地植根於中國普通民眾的信仰之中，反映了生活在現實苦難中掙扎無助的人們的一種希望和宣泄，其於社會穩定和正常運行也有一種促進的作用。更重要的是，它能自動地發揮某種道德的功能。上到帝王將相，下至市井細民，在行事時，總感到「頭上三尺有神明」，就不能不三思而行。如果行善事，那就會積功德，就會為日後進入天堂、淨土集聚資糧；如果造罪孽，死後下地獄就會受萬般苦楚。冥冥之中自有神靈在，因果報應的威懾力無疑會起到約束自身行為的內在強製作用。

無數的地獄故事反映了人們希望通過地獄懲罰警誡世人「諸惡莫作，眾善奉行」。被壓迫被損害的人們，在人間有冤難伸，就幻想在陰間討回公道，幻想地獄陰曹是一個公正的法庭，相信閻王判官有著無私的鐵面、剛正的心腸，不像人間的官吏們虛偽、貪婪、徇私枉法，相信他們能夠使惡者得到應有的地獄懲罰。這種幻想愈到王朝末世愈趨絕望，就多表現為對地獄貪污腐

〔註24〕游國恩等：《中國文學史》第二冊，第194頁，人民文學出版社，1963年。

〔註25〕慧皎：《高僧傳·唱導論》，第521頁，中華書局，1992年。

〔註26〕魯迅：《古小說鉤沈》，第278～281頁，齊魯書社，1997年。

敗的諷刺與嘲笑，其實卻是對現實黑暗腐朽統治的反抗和鞭撻。

「三世因果」、「六道輪迴」等中國佛教倫理的有一定的歷史作用，主要有三個方面：（一）有助於封建統治者維護封建倫常。佛教在中國流傳的過程，就是不斷與儒家倫理相融合的過程，也就是配合中國儒家倫理向人們進行教化得過程。在古代社會，佛教倫理配合儒家的輔助作用是眾所周知的事實。中國歷代統治階級之所以維護佛教，很大程度上也是看中了佛教的這種道德教化作用。如南朝宋時曾任司空、吏部尚書、中書令、散騎常侍等重要官職的何尚之，在與宋文帝討論佛教的社會作用的時候就說：「百家之鄉，十人持五戒，則十人淳謹矣。傳此風訓，以遍宇內，編戶千萬則仁人百萬矣。⋯⋯夫能行一善則去一惡，一惡既去，則息一刑。一刑息於家，則萬刑息於國。⋯⋯即陛下所謂坐致太平者也。」〔註27〕另外，佛教倫理對某些崇佛的統治者的殘暴行為，也會起一定的遏制作用。（二）中國佛教倫理在民間流傳甚廣，影響極大。廣大民眾把精神寄託於佛教，佛教倫理自然也就成了他們的行為規範與準則，成為他們情感滿足、心理平衡的支撐點，使他們苦難而平凡的人生得以安寧度過。（三）在一定條件下，佛教倫理尤其是眾生平等的思想，有時可以成為農民起義的思想依據。宋代以來，有的農民起義領袖往往就是打著「平等」的旗號起來反對殘暴統治者的。

中國佛教的倫理資源十分豐富，不僅有其歷史意義，有些內容至今依然具有現實意義和現代價值。一是去惡從善的思想。雖然人們對善惡所作的價值判斷往往會反差極大，但「向善」之心卻是共通的。佛教的去惡從善思想，無疑有助於推動人心向善。佛教倫理中如「不殺人」、「不偷盜」、「不妄語」、「孝敬父母」等要求其實應當是人類生活的共同準則和普遍要求，對維護現代社會秩序，保持人際關係穩定，促進家庭結構的穩固都是有益無害的。二是平等慈悲思想。這對當代社會緩和社會矛盾、等級差異，對鞏固和平、反對戰爭，對保護野生動物、保持生態平衡，都有不容忽視的積極意義。三是自利利他思想。這種思想雖然有著佛教特定的宗教含義，但這種思想所包含的精神，即個人利益與他人利益的統一，或者說個人利益與群體利益的統一，也是現代社會處理個人與他人，個人與集體關係的準則。四是入世精神。大乘佛教主張普渡眾生，中國佛教對此十分重視，強調要「要為出世而入世」，

〔註27〕《弘明集》卷十一，《何尚之答宋文皇帝讚揚佛教事》，見《弘明集　廣弘明集》第 71 頁，上海古籍出版社，1991 年。

「以出世的精神作入世的事業」，也就是以一種超然的心態服務於現實社會，這對培養淡泊名利、不驚榮辱的人格，勤奮工作、熱愛事業的作風以及崇高的奉獻精神也是具有相當的啓迪作用的。

當然，佛教倫理也存在不容迴避的弊端。因爲道德是在人與人的社會關係中調整人的行爲，互相承擔道德義務是自然而然形成的。眞正高尚的道德行爲乃是人出自道德義務感和道德責任心對別人、對集體、對社會做出無私的貢獻。佛教誘之以天堂、淨土的福樂、懼之以地獄恐怖的刑罰，即使能使善男信女的行爲客觀上符合於社會道德的要求，但對培養和發展人們的良善的道德意識，卻有不容忽視的消極作用。此外，斯賓諾莎認爲宗教宣揚對災禍和天罰的恐懼，只會給人們的精神帶來壓制和痛苦，而不會帶來平靜和幸福，因而是不道德的：

> 世俗迷信之徒，只知詛咒罪惡，不知教導道德，他們所汲汲從事的，不在於以理性去指導人，而在於用恐怖去恫嚇人，只在於使人避害，不在於使人愛德。其目的實不外乎使他人也像他們一樣的苦惱。無怪乎這類的人大都是很令人厭惡痛恨的。〔註28〕

斯賓諾莎對宗教尤其是地獄信仰在道德方面的消極作用的譴責是發人深省的，我們讀一讀魯迅先生的《祝福》就可以瞭解地獄恐怖給善良的祥林嫂所帶來的是多麼巨大的精神痛苦。

第二節　佛教倫理與中國傳統倫理的融合

一、佛教倫理與中國傳統倫理的互補

中國佛教學者結合中國傳統倫理思想重新闡發了因果報應論，使之更加合理也更容易爲國人所接受，另一方面佛教倫理確實也補充了中國傳統倫理所缺少的因素。

中國傳統倫理思想中本來也有善惡報應思想。如《尚書‧伊訓篇》云：「惟上帝無常，作善降之百祥，作不善降之百殃。」〔註29〕《國語‧周語》云：「天道賞善而罰淫。」〔註30〕《老子‧七十九章》云：「天道無親，常與善人。」

〔註28〕斯賓諾莎：《倫理學》，第 203 頁，商務印書館 1958 年。
〔註29〕李學勤主編：《十三經注疏‧尚書正義》，第 206 頁，北京大學出版社，1999 年。
〔註30〕《國語》卷二，第 74 頁，上海古籍出版社，1978 年。

〔註31〕《韓非子‧安危》云：「禍福隨善惡。」〔註32〕然而中國固有的報應觀念與佛教的善惡報應說不同，它是建立在家族、家庭、血親關係的基礎上。《易經‧坤卦‧文言》中就有「積善之家必有餘慶，積不善之家必有餘殃」〔註33〕之說。一個家族或一個家庭的禍福，往往取決於家族前輩所作之善惡；而自己一生的作為，則會影響到後代子孫的禍福，這就是說在中國傳統文化中，所謂報應是由家庭家族的後代來承受，是代代相傳的。這反映了中國以血緣關係為紐帶的宗法制社會的特點。

佛教與此不同，認為主宰報應的是自身的「業力」，而不是「上天」、「上帝」；報應的載體強調「自作自受，不由於他」，眾生造業之根源在於生命內在的欲望。因而所造之業必然在造業者自身心理意識上留下後果，而不能轉嫁他人，或替他人承擔果報。所以《般泥桓經》云：「善惡隨身。父有過惡，子不獲殃。子有過惡，父不獲殃。各自生死，善惡殃咎，各隨其身。」〔註34〕佛教認為現在所受是前生自作，今生所作則來生自受，如不至涅槃寂靜的境界則會生生世世輪迴不已，這就是所謂的「三世兩重因果」。而中國傳統的報應說則認為自作自受僅限於今生今世，把來世的報應的承擔者設定為今世善惡行為的主體的子孫，這也就是主張一人作惡殃及子孫的「承負說」。中印報應觀念的不同反映了印度倫理關注個體自身的解脫，而中土倫理則更強調家庭、群體和社會的倫理關係。

佛教因果報應論強調有因必有果，自己作業，自身受報，這就使人不是把人生的希望寄託於外界、天神的賜予，同時也排除了對外部現實的不滿，轉而對自我進行反省，反求諸己，向內追求。由此內心確立去惡從善的道德選擇，並成為內在的、自覺的、強大的驅使力量、支配力量和約束力量。這種道德自律的壓力和精神，是佛教徒進行道德選擇的重要保證。

但是佛教原始教義強調「無我」，認為人死後形體與精神俱滅，沒有永恒不變的「靈魂」，這樣就使它的理論陷入矛盾：既信仰因果輪迴，又不承認承受報應的主體──不滅的靈魂。雖然後來印度「部派佛教」和「大乘佛教」的理論體系中又出現了「補特羅迦」和「中有陰」等來修正這一觀念，但是仍然很難被不習慣形而上理論的中國的民眾所接受。佛教傳入中國以後業報

〔註31〕朱謙之：《老子校釋》，第 306 頁，中華書局，1984 年。
〔註32〕〔清〕王先慎撰：《韓非子集解》卷八，第 198 頁，中華書局，1998 年。
〔註33〕唐明邦：《周易評注》，第 178 頁，中華書局，1995 年。
〔註34〕《大正藏》第 1 卷，《佛般泥洹經》卷下，第 169 頁上。

輪迴觀念很快與中土固有的「魂魄說」結合起來，形成了新的靈魂觀念，「『神不滅』成了中國佛教的堅定信仰」〔註35〕。在早期的中國佛教書籍《牟子理惑論》中就曾有過「魂神固不滅矣，但身自朽爛耳」的說法，而淨土宗初祖東晉佛教大師慧遠的《沙門不敬王者論·形盡神不滅第五》以薪火之喻更爲生動地說明了中國佛教的「靈魂不滅論」：

> 火之傳於薪，猶神之傳於形；火之傳異薪，猶神之傳異形。前薪非後薪，則知指窮之術妙；前形非後形，則悟情數之感深。惑者見形朽於一生，便以爲神、情俱喪，猶觀火窮於一木，謂終期都盡耳。〔註36〕

慧遠大師在其「因俗人疑善惡無現驗」而作《三報論》、《明報應論》和《形盡神不滅》等文中〔註37〕，系統地闡發了因果報應論。他特別強調報應有三種：「善惡始於此身，即此身報」的「現報」；「來生便受」的「生報」；「經二生、三生、百生、千生，然後乃報」的「後報」〔註38〕。生報、後報彌補了中國傳統的「現世受報說」的理論缺陷，說明了善人得禍、惡人得福乃是前世作業報應的結果，善人惡人所作所爲將在來生或二生甚至千生再受報應。善良的德行必有福報，而罪惡的醜行必遭殘酷得懲罰，這在有限的現實生活中雖不能完全實現，但在無限的轉生中卻被保證實現。這種說法比之中國固有的「承負說」更合理、更能自圓其說，而且由於這種理論無法用實證方法加以檢驗，所以也很難駁倒。因而自慧遠以降，這種形盡神不滅的思想就在中國佛教思想體系中紮根，雖然它不同於純粹印度佛教的「無我」說，但是卻使「輪迴報應」的說法有了更加深厚、牢固而周密的理論基礎。

另一方面，中國佛教通過「三報」和神不滅論從理論上強化了倫理價值與因果報應論的統一性。中國佛教因果論的三世報應說還從理論上自圓其說地解釋了現實生活中存在著有目共睹的「殺人放火金腰帶，修橋補路無屍骸」這種惡人得福、善人得禍的非報應現象的原因，從而使人們更關注生死的安

〔註35〕 呂大吉：《宗教學通論新編》（上），第 106 頁，中國社會科學出版社，1998年。

〔註36〕 《弘明集》卷三，見《弘明集　廣弘明集》，第 32 頁下，上海古籍出版社，1991 年。

〔註37〕 《弘明集》卷五，見《弘明集　廣弘明集》，第 3 頁中，上海古籍出版社，1991年。

〔註38〕 《弘明集》卷五，見《弘明集　廣弘明集》，第 34～35 頁，上海古籍出版社，1991 年。

頓，關切來世的命運，增長道德自律心理。「善有善報，惡有惡報，不是不報，時辰未到」，成了中國民間的普遍信念。事實上，因果報應理論一直是後世維護中國人倫理價值的重要思想支柱之一。

　　佛教十分重視心靈在善惡報應中的主導作用。郗超《奉法要》說：「心為種本，行為其它，報為結實。」這是以種植為喻，說心如種子，報應是種子的果實，心是報應的本原。又展開說：

　　　　經云：心作天，心作人，心作地獄，心作畜生，乃至得道者，
　　　亦心也。凡慮發乎心，皆念念受報。雖事未及形，而幽對冥構。夫
　　　情念員速，倏忽無間，機動毫端，遂充宇宙。罪福形道，靡不由之，
　　　吉凶悔吝，定於俄頃。〔註39〕

　　佛教的倫理價值取向或道德選擇，歸根結底是一種行為選擇。當代行為主義心理學關於人類行為方式的研究表明，人們對其行為方式選擇是受行為結果所左右的：得到報償的行為將趨於重複，收到懲罰的行為將趨於避免；人們總是選擇那些能得到最大報償和最小懲罰，甚至不受到懲罰的行為方案。佛教的因果報應論宣揚行善將得到善報，甚至解脫成為佛，行惡則將墮落為畜牲，甚至下地獄，後果反差極大。善惡報應論在規範人們行為的可行與不可行、賦予不同行為的不同報應承諾中，確立了行為與反饋的相對合理關係。佛教的業報輪迴說喚醒人們道德選擇的心理動因，是符合人類個體在行為選擇上的一般規律的〔註40〕。

二、三教融合的倫理規則

　　中國佛教融會大小乘佛教倫理思想，糅合儒釋道三家的倫理標準形成了獨具一格的倫理原則。

　　佛教倡導去惡行善。「諸惡莫作，眾善奉行，自淨其意，是諸佛教。」〔註41〕這句佛教膾炙人口的名言是佛教倫理的核心，它出自《法句經》中著名的「七佛通戒偈。」此偈還多處散見於《增一阿含經》中，其中卷第一《序品》解釋了此偈的意義，說：「四阿含義，一偈之中盡具足諸佛之教及

〔註39〕《弘明集》卷十三，《奉法要》，見《弘明集　廣弘明集》第 88 頁，上海古籍
　　　　出版社，1991 年
〔註40〕參見孟昭勤、王一多《論影響道德選擇的幾個心理因素》，《四川社科界》1996
　　　　年第 6 期。
〔註41〕《大正藏》第 4 卷，《法句經》卷下，第 567 頁 a。

辟支佛、聲聞之教。所以然者，諸惡莫作，戒具之禁，清白之行；諸善奉行，心意清淨；自淨其意，除邪顛倒；是諸佛教，去愚惑想。」〔註42〕佛教善惡觀念傳入中國後，不斷地與中國的傳統倫理思想融合，形成了儒釋會通的善惡標準，北宋高僧契嵩就曾說：「夫聖人之教，善而已矣。夫聖人之道，正而已矣。其人之正，其事善事之。不必僧不必儒，不必彼不必此。彼此者情也，僧儒者迹也。」〔註43〕

唐牛僧儒《玄怪錄》〈吳全素〉中蘇州人吳全素被錯追入冥後，見判官理直氣壯地說：「全素恭履儒道，年祿未終，不合死。」〔註44〕可見此時的民間信仰中，認為認真實踐儒家道德也可以免於地獄的懲罰。

中國古代社會，基本上是一個以血緣關係為紐帶維繫的宗法制等級社會，在這個社會中，宗族內部特別重視血親關係，特別是重視親屬之間的長幼關係，同時也非常重視君臣上下尊卑的等級關係。這是中國傳統倫理思想之基礎。

但是佛教尊崇出家棄俗與「不孝有三，無後為大」的儒家孝道觀卻相互矛盾。佛教修行者要求修行者出家棄親，這一出家修行制度在印度受人尊重，而在漢地則一直難以被大眾接受。在以血親關係為基礎的中國宗法制社會中，血緣親屬關係一直是人們非常重視的。可以說這一關係是維持社會結構穩定的根本關係。然而，佛教教義要求佛教徒尤其是僧侶，拋棄世俗生活，過出家修行的宗教生活，違背了中國封建社會的倫理綱常制度。再者，以血緣關係為基礎的社會生活重視祖先崇拜，強調後代的繁衍，人丁興旺歷來是家族強盛的標誌之一。而出家修行，必然會影響到祖先崇拜以及後代繁衍，因此佛教這一修行制度，一直遭到國人的詬病。這是佛教倫理與中國傳統倫理思想的一個重要衝突。

沙門不拜王者與忠君思想亦存在矛盾。宗法制社會特別重視上下尊卑關係，在下位者必須表示絕對忠誠和服從。「刑不上大夫，禮不下庶人」，這是中國封建社會等級觀念的集中體現。但按佛教儀軌，佛陀是世間最尊者，因此稱之為「世尊」，又稱為「天人師」，即不僅是世上眾生之師，連天神也應以佛為師，因此佛的地位遠遠高於人間世俗政權的統治者。佛教規定，出家

〔註42〕 《大正藏》第 2 卷，《增一阿含經》卷 1，第 551 頁 a。
〔註43〕 《大正藏》第 52 卷，《鐔津文集》卷 2，《輔教編》，第 657 頁 a。
〔註44〕 《唐五代筆記小說大觀》，第 398 頁，上海古籍出版社，2000 年。

修行者脫離了世俗生活，以佛陀釋尊爲師，只能禮拜佛陀。除佛陀外，對於世間其它一切尊者，即使貴爲天子，也不應對之行禮跪拜。出家者遠離紅塵，六根清淨。中國佛教甚至提出出家修行者應當以「釋」爲姓而自稱「釋子」，表示割斷了世俗親屬關係。佛教僧團中則以出家修行的深淺程度來確定長幼上下秩序，所以出家者也不禮拜在家的父母。這些律儀，在重視禮法制度的中國古代社會，幾乎不可想像。中國禮法以「忠孝」爲個人道德修養的基本準則，忠君、孝親是道德修行的楷模。因此，佛教禮儀中沙門不拜王者和父母的規定，一直受到封建士大夫的反對，這是佛教倫理與中國傳統倫理思想的又一個重要衝突。

但是由於中國文化的同化力和佛教的包容性，使佛教在傳入中土以後，努力與中國固有的文化相融合、相適應，也逐漸大力提倡孝道友愛、忠君報國。《法句經》曰：「居孝事父母，治家養妻子，不爲空之行，是爲最吉祥。」又《梵網經》曰：「與父母兄弟六親中，應生孝順心，慈悲心。」又《未生冤經》曰：「夫善之極者，莫大與孝；惡之大者，其未害乎？」可見佛教的倫理道德規範，雖然源于禁欲的宗教原則，但在中國這個重現世、重親情的宗法社會裏，在具體的展開實踐時，也兼顧了在家與出家兩方面的信眾。唐代高僧法琳在其《辯正論》中大力提倡忠孝：

> 夫禮儀，成德之妙訓；忠孝，立身之行本。未見臣民失禮，其
> 國可存；子孫不孝，而家可立。〔註45〕

道宣律師也在其《四分律刪繁補闕行事鈔》「導俗化方篇」中也強調報答父母之恩：

> 佛言：若人百年之中，右肩擔父，左肩擔母，於上下大小便利，
> 極世珍奇衣服供養，猶不能報須臾之恩，從令德比丘盡心供養父母，
> 不者得重罪。〔註46〕

六朝至隋唐高僧大德努力會通儒釋，使得儒家的孝親思想被佛教充分吸收，這在《佛說父母恩深難報經》、《盂蘭盆經》、《仁王護國經》等一些宣揚忠君孝親的疑僞經非常受中國佛教徒信奉就可以略見一斑了。

中古地獄小說中多有爲地獄中受苦的父母設齋作福的故事，但是敘事文學中最有代表性的是敦煌地獄變文中「目連救母」的故事。現存敦煌目連變

〔註45〕《大正藏》第52卷，《辯正論》卷6，第531頁a。
〔註46〕《大正藏》第40卷，《四分律刪繁補闕行事鈔》，第0140頁c。

文約有十六種，是敦煌變文中數量最多的一種。目連不畏艱險、歷盡苦難救母出離地獄的故事所反映的孝道思想和人倫親情深深打動著一代又一代中國人。

自宋以降，儒道佛三教合一的傾向日趨明顯，佛門中人也積極會同儒釋，強調三教同源。明代高僧智旭，尤其注意融納儒家倫理。他宣稱：「儒以孝爲百行之本，佛以孝爲至道之宗。」「儒以忠恕爲一貫之傳，佛以直心爲人道之本。」智旭還把佛家之五戒與儒家的五常聯繫起來，認爲「儒德業之學問，實佛之命脈骨髓！故在世爲眞儒者，出世爲眞佛」，「惟學佛者，然後知儒，亦惟眞儒乃能學佛」，「三教深淺，未暇辯也，而仁民、愛物之心則同」，「自心者，三教之源，三教皆從此心施設。」〔註46〕

〔註46〕轉引自郭朋《明清佛教》第 282～289 頁，福建人民出版社，1982 年。

第五章 中國地獄信仰與傳統節日、民俗

　　魏晉六朝至隋唐，在印度佛教地獄觀念中國化的過程中，有幾部疑偽經如《佛說盂蘭盆經》、《佛說淨度三昧經》、《佛說提謂經》、《佛說十王經》等對中國民間地獄信仰的形成有著十分重要的影響。尤其是由於《佛說盂蘭盆經》與《佛說十王經》的弘傳，千百年來還形成了中國民間重要的民俗──盂蘭盆節與喪葬風俗儀式──「七七齋」與「十王齋」。這些宗教節日、民俗至今還在深刻影響著中國民眾（尤其是港臺地區的民眾），而且這些節日和民俗還遠播海外，在東南亞華人世界以及韓國和日本至今也還保存著。

第一節　《佛說盂蘭盆經》與盂蘭盆節的祭祖民俗

一、盂蘭盆節與中國本土文化的融合

　　《盂蘭盆經》前後有三種譯本，一為西晉武帝時竺法護所譯，名為《佛說盂蘭盆經》（《大正藏》第 16 卷，第 0779 頁上）；一為晉慧帝時法炬所譯，名為《灌臘經》（此經可能是題為法護所譯《般泥洹後灌臘經》的略本）；一為佚名譯，名為《報恩奉盆經》（《大正藏》第 16 卷，第 0780 頁上）。其中，法炬所譯已經亡佚；《報恩奉盆經》今稱《佛說報恩奉盆經》，其內容與竺法護所譯的《佛說盂蘭盆經》相同，但文字簡短，只有《佛說盂蘭盆經》文字數量的一半。

　　竺法護譯《佛說盂蘭盆經》經文短小，內容是敘述釋迦牟尼的十大弟子之一大目犍連，初得六神通，用道眼看到自己母親在餓鬼道中，不得飲食；目連以缽盛飯餉母，但是食物未入口即化為炭火，不能得食，目連無能為力，

悲泣不已，只得向佛祈請；釋迦告訴目連，必須在七月十五日，以人世甘美的百味飲食，盛裝於盂蘭盆中，用以供養得道的眾生；藉此由施僧的功德與得道的眾生的咒願，使得目連之母往生天上；佛因此告訴眾人，應年年七月十五日作盂蘭盆施僧，以報七世父母之恩。

很明顯，在這部經典糅合了中土孝道思想和道教薦拔的觀念。經中將餓鬼地獄的救贖與中國傳統的孝親祭祖方式結合起來，將盂蘭盆施僧的時間定在每年七月十五日，也是借用道教中元救贖先祖亡靈的禮儀。由於這部經典摻雜了大量的中國傳統思想，所以雖然費長房《歷代三寶記》、道宣《大唐內典錄》以及智昇《開元釋教錄》都將《盂蘭盆經》歸入經藏，認為是竺法護所譯，但是在後世一直被懷疑是中土人士偽作，如日本學者牧田諦亮就把此經列入疑偽經，認為它是源出中國且時代較晚〔註1〕；但也有學者認為此經並非中土偽經，而是源自天竺。如呂澂先生在其《新編大藏經目錄》中，將《盂蘭盆經》列入「阿含部」，只不過認為譯者佚名，並非智昇《開元釋教錄》所誤為的竺法護〔註2〕。又如日本學者小川貫弌也提出《盂蘭盆經》是在公元四、五世紀出自印度西北部的法藏部〔註3〕。另一日本學者岩本裕不僅認為盂蘭盆節不是起源於中國，還越過佛教，將其源頭上溯到古老的伊朗宗教，認為這一節日所包含的觀念是由粟米特人帶入中國的〔註4〕。

無論《盂蘭盆經》是否源自天竺，它都深深地印上了中國文化的烙印。其中大力宣揚的孝道思想更主要出自中國，因為印度文化並不甚標榜孝道。佛教教義認為父母與子女間是由於業力牽引，或報恩或報怨，彼此聚於一家，所謂「不是冤家不聚首」。所以佛教並不強調父母與子女之間的深情，強調的是個人的三世因果報應，自作自受，所謂「善惡隨身。父有過惡，子不獲殃。子有過惡，父不獲殃。各自生死，善惡殃咎，各隨其身」〔註5〕。這一觀念與中國傳統倫理思想中善惡果報由家族來承擔的「承負說」不同。《易經・坤卦・文言》：「積善之家必有餘慶，積不善之家必有餘殃。」中土道教也有「禍及七祖翁」、「拔度七祖返仙胎」等說法，這些都是以整個家族

〔註1〕 牧田諦亮：《疑經研究》，第49～50、84頁，京都：京都大學人文科學研究所，1976年。

〔註2〕 呂澂：《新編大藏經目錄》，見《呂澂佛學論著選集》第三冊，第1738頁，齊魯書社，1991年。

〔註3〕 小川貫弌：《佛教文化史研究》，第159～171頁，東京：岩波書店，1957年。

〔註4〕 岩本裕：《遊地獄的文學》，第184～199頁，東京：解明書店，1979年。

〔註5〕 見《佛般泥洹經》卷下，《大正藏》第一卷，第0169頁上。

為果報的單位。

　　經中十次言及救贖七世祖，而印度並沒有祭祖的風俗。這應是源自中土歷代帝王立七廟以祭祀歷代先祖的傳統。廟雖有七，所祀則不僅七祖，而是九世祖，其名可能是由「九族」之說而來的。

　　《盂蘭盆經》中還強調對僧伽的供養，要借僧眾的力量才能救贖祖先的亡靈出離地獄。這一說法也能在道教之中找到源頭。東漢三張就有設廚飯賢，治病祛疾之說，道經《要修科議戒律鈔》卷十二引《太眞科》云：「家有疾厄，公私設廚，名曰飯賢，可請清賢道士上中下十八、二十四人、三十人、五十人、百人，不可不滿十人，不足為福……」。此外，北魏寇謙之《老君音誦戒律經》亦有設廚會為病者求救度及求福願之說。

　　《盂蘭盆經》還特別強調每年的七月十五日設盂蘭盆供以救贖地獄亡靈，這一天在南朝齊梁以來就演變成中國重要的節日——盂蘭盆節。而印度本土並沒有盂蘭盆節的風俗，屬南傳佛教範圍的泰國、斯里蘭卡等國也沒有此風俗。況且天竺曆法承襲希臘，以太陽曆為主。據玄奘《大唐西域記》卷二「歲時」所載，印度將一日分為三時，一月分為黑白月。「月盈至滿，謂之白分；月虧至晦，謂之黑分。黑分或十四日、十五日，月有大小故也，黑前白後，合為一月。」〔註6〕所以印度本無七月十五日之說，而是說七月白月十五日或黑月十五日。

　　其實於七月十五日設供祭奠先祖亡靈，這也是中土文化的內容，是襲自道教的中元節（七月十五日），這一天是道教薦拔亡魂的日子。《禮記‧月令》就載有周天子的皇家四時祭之一「秋嘗」：「是月農乃登穀，天子嘗新，先薦寢廟。」〔註7〕在漢代，七月還有以被除之法及男女雜處以迎世間更新的「禊」——七月十四日，來自社會各階層的人們歡聚於水濱，在五彩蓬帷下豪飲酬唱。另外，民間傳說中的牛郎織女鵲橋會也是在七月七日「七夕」這一天，被銀河隔開的牛郎織女，一年只有七夕這一天得到跨越銀河相會的機會，這就如同冥界的亡魂在七月十五日這一天可以重返陽世享受世人的祭祀一樣。漢代以前的這些民俗，後來被道教吸收而逐漸形成中元節。據《齋戒錄》，在公元二世紀組織道教發端之時，就已有在中元七月十五日持齋祈

〔註6〕〔唐〕玄奘撰，季羨林等校注：《大唐西域記》卷二，第168頁，中華書局2000年。

〔註7〕李學勤主編：《十三經注疏》《禮記正義》〈月令〉卷十六，第532頁，北京大學出版社，1999年。

福的記載〔註8〕。中元節與道教的「三元」信仰有關，「三元」是指天、地、水三元〔註9〕，道教認爲天、地、水是構成萬物的三種基本成分。《雲笈七籤》卷五六云：「夫混沌分後，有天、地、水三元之氣，生成人倫，長成萬物。」〔註10〕「三元」又人格化爲具有操縱宇宙力量的神明——「三官」。三官即天官、地官、水官，他們監視世人的行爲，以人的行爲善惡來決定降罪或賜福。三官信仰起源於東漢末的五斗米道，其後綿延不絕。《太上洞玄靈寶三元品戒功德輕重經》：

> 上元天官，置三宮三府三十六曹。中元地官，置三宮三府四十二曹。下元水官，置三宮三府四十二曹。天地水三官九宮九府一百二十曹，三品相承，生死罪福，功過深重，責役考對，年月日限，無有差錯。其學仙善功，行惡罪報，各隨所屬考官，悉書之焉。〔註11〕

《太上洞玄靈寶業因緣經》：「正月十五日上元十天靈官神仙兵馬與無鞅數眾人上聖高尊妙行眞人，同下人間，考定罪福也；七月十五日中元九地靈官神仙兵馬、無鞅數眾名山洞府神仙兵馬，同下人間，校錄罪福也；十月十五日，爲下元九江水帝、十二河源、溪谷大神、水府靈官同到下人間，校戒罪福也。」〔註12〕趙翼《陔餘叢考》：「其以正月、七月、十月之望爲三元日，則自元魏始。」〔註13〕南北朝時道教定一月、七月、十月這三個月的十五日爲天、地、水三官的誕辰，於這三日建三元齋拜懺、修身、謝過。而七月十五日這一天又與中國古來慶秋收、祭祖等的風俗結合起來，就成爲重要的宗教節日。

這一道教節日通過《盂蘭盆經》又與佛教結合。七月十五日，在中國佛教僧伽制度中又是教團結夏安居結束的日子。結夏安居是佛陀創立的制度，印度夏季有三個月的雨期，這一段時間正是萬物萌發生長的時期。爲了避免僧尼外出時會在無意之中傷害草木小蟲，犯了『殺生』大戒，違背了佛教大慈大悲的根本精神，所以，佛教規定僧尼在雨期必須居於精舍，不得外出，

〔註8〕 《道藏》第六冊，第1002～1008頁。

〔註9〕 有時「三元」也指日、月、星三神或人體中的上中下三丹田等。

〔註10〕 〔宋〕張君房編：《雲笈七籤》卷五十六，〈諸家氣法〉，第1224頁，中華書局，2003年。

〔註11〕 《道藏》第6冊，第879頁下。

〔註12〕 《道藏》第6冊，第100頁中、下。

〔註13〕 〔清〕趙翼撰：《陔餘叢考》卷三五，第750頁，商務印書館，1957年。

這樣，既可防止傷生破戒，又可使僧尼有一個專心講經修道的機會。在印度和中亞僧伽結夏安居一般是在夏季，但是具體時間不固定，而中國僧伽結夏安居結束的日子定在了七月十五日這一天。這一天又稱為「自恣日」，即在這一天僧伽要舉行一個固定的儀式，經過三個月寂寞修持的僧眾要就見、聞、疑三事，相互指謫罪過，每個受到指謫的僧人在公開懺悔後，靈魂才能獲得新生。依《增一阿含經》卷二十四〈善聚品〉及《受新歲經》所載，自恣之後之比丘、比丘尼，其法臘即增加一歲，此謂之『受歲』或『受新歲』。佛教中這一辭舊迎新的日子，與中國道教於三元日懺悔罪過和七月秋收農事結束的薦新祭祖儀式在「更新」的意義上有暗通之處，所以中國佛教結夏安居固定在四月十五日到七月十五日。特別選擇七月十五日這一天作為安居結束日，是有深刻意義的，而這也就是佛教盂蘭盆供與道教中元節結合形成中國鬼節——「盂蘭盆節」的深層原因。

　　盂蘭盆節之所以在中土大受歡迎、影響深遠，還跟它與中國傳統的祭祖文化密切結合分不開。在中國宗法社會中，家族祭祀是中國家庭中十分重要的事件，在佛教的觀念流行之前，中國的祖先崇拜和家族祭祀已經是重要的社會宗教制度。佛教最初傳入中國時，由於它的棄親絕嗣的出家制度，佛教還經常受到強調家族繁衍和孝道思想的儒士們的反對。但是《盂蘭盆經》中的目連卻表現出了偉大的孝心，他「上窮碧落下黃泉」地救贖母親出離地獄的行為對中國民眾具有十分強大的感染力，由此目連成為國人心目中偉大的孝子。另外，目連救母的故事在中國民間還與《地藏菩薩本願經》中地藏的前世救母的故事合二為一。雖然兩個救母故事又很多區別：一個是現世，一個是過去世；性別也不同，目連是男性，而地藏的過去世為婆羅門女、光目聖女；瞻禮求告的對象也不同，目連「馳還白佛」是釋迦牟尼佛，婆羅門女瞻禮者是過去覺華定自在王如來，光目聖女則「志誠念清淨蓮花目如來」。但是由於同是救母故事，一樣具有強烈的孝道思想，喜歡簡單的國人就認定「目連就是地藏」。雖然佛教正式典籍中從來也沒有承認這一點，但是這一說法在民間卻影響很大，很多地方戲曲中目連就被封為幽冥教主地藏王菩薩。甚至在安徽、江西等地演出「目連戲」的時候都要供奉地藏菩薩的神位。

　　由《盂蘭盆經》而形成的「鬼節」在中世紀中國的廣泛傳播，卻說明佛教對孝道思想的引進已經使它逐步進入中國家族宗教的核心。這時的佛教僧人已經不再是中國家族祭祀活動的局外人，而變成整個祭祀活動中的核心——

一僧伽與祖先的亡靈一起享受世人的供養與獻食。

所以，在《盂蘭盆經》基礎上形成的中國節日「盂蘭盆節」，實際上佛教文化與中國本土的禮俗文化的密切融合。德‧格魯特（De Groot）在其《廈門的年節》一文中就曾這樣說：

> 如果說事實上七月中國各地以佛事超度亡人，還有隨後中原王朝的所有居民過節爲故去先人競相薦物，這些做法，無論在儀式上可能已變得多麼佛教化，它們在佛教滲透到中國以前許多世紀就已存在於斯。這些乃是對以往傳統的遵從。當釋迦牟尼教義的弘傳者在公元 1、2 世紀進入中國時，他們在傳統的基礎上豎立了一座異域的殿堂，這一基礎由一個對死者的歸宿一貫表現出極度關注的民族的宗教所提供。〔註14〕

二、民衆的狂歡節

在中國現存的佛教文獻當中，有關「盂蘭盆節」最早的記錄見於法琳《辯正論》中稱齊高帝蕭道成（公元 479～483 年）「七月十五日，普寺送盆供養三百名僧」〔註15〕。另據宋志磐《佛祖統紀》所載，梁武帝大同四年（公元538 年）開設盂蘭盆會，大張齋筵，廣修盂蘭盆供，供養眾僧〔註16〕。然而，這則材料由於出自教內僧人且缺少旁證，一直受到質疑。「盂蘭盆節」最早且可靠的記載見於宗懍（公元 498～561 年）的《荊楚歲時記》，書中描述了中國南方七月十五日「盂蘭盆節」的風俗：

> 七月十五日，僧尼道俗悉營盆供諸佛。按《盂蘭盆經》云："有七業功德，並幡花歌鼓果食送之。"蓋由此也。
>
> ……
>
> 故後人因此廣爲華飾，乃至刻木割竹，飴蠟剪綵，模花葉之形，極工妙之巧。〔註17〕

此外，北齊顏之推所撰《顏氏家訓》中也曾囑其兒輩於七月半具盂蘭盆

〔註14〕轉引自太史文《幽靈的節日》，第 28 頁，浙江人民出版社，1999 年。

〔註15〕《大正藏》第 52 卷，《辯正論》卷三，第 503 頁 a。

〔註16〕《大正藏》第 49 卷，《佛祖統紀》卷三十七，第 351 頁 a。

〔註17〕〔梁〕宗懍：《荊楚歲時記》，見《漢魏六朝筆記小說大觀》，第 1058～1059 頁，上海古籍出版社，1999 年。

供祭祀亡親：

> 四時祭祀，周、孔所教，欲人勿死其親，不忘孝道也。求諸內
> 典，則無益焉，殺生爲之，翻增罪累，若報罔極之德，霜露之悲，
> 有時齋供，及七月半盂蘭盆，望於汝也。〔註18〕

由此可見，盂蘭盆節在南北朝時期的民間已經興起，且這個時候盂蘭盆節已經將佛教的觀念、儀軌與中土的祖先崇拜有機地融合在了一起。在盂蘭盆節成爲全民的節日的過程中，「目連救母」故事的廣泛傳佈，起到了十分重要的作用。有關目連救母的故事在民間流傳的過程中情節不斷豐富完善，形成了一個龐大的故事系統。這個故事由於佛教的大力宣揚又深受普通民眾歡迎，所以在唐代已經家喻戶曉，這從敦煌文書中有大量有關目連救母的變文就可以略見一斑〔註19〕。這些變文是唐代俗講的底本。有唐一代，俗講十分流行，不僅在長安，在各地寺廟、民間社邑也是頻繁舉行。唐趙璘《因話錄》關於文漵僧者「聚眾譚說」，「聽者填咽寺舍」的記載，每每爲論者所引。日本僧人圓仁所著《入唐求法巡禮行記》也有不少關於俗講的記載。

在唐宋以後，目連救母的故事又以寶卷、戲曲等形式大量出現，依然深刻影響著中國民眾的思想行爲。變文對民眾的教化是寓教於樂的，它的俗語化的形式，曲折而感人肺腑的情節，以及對驚心動魄的地獄恐怖的渲染，都是對普通民眾具有巨大的感染力和震懾力。關於目連救母故事的演變與其在不同文體中的表現，前人的研究中已作詳細的論述，此不贅述。

在民間講唱將目連救母故事廣泛傳佈且不斷豐富之前，有一部未經入藏的經典在目連故事走向民間，連接精英與大眾兩極之間的過程當中起到了橋梁的作用。這部經典就是大約產生於公元 600～650 年的《淨土盂蘭盆經》。《淨土盂蘭盆經》是對藏內佛經中所含目連神話的豐富與加工，它對以往故事的加工補充主要在於強調統治者的參與和對目連前世細節的豐富。《淨土盂蘭盆經》中描述官方出資準備供物和官員參與盂蘭盆供的情形與歷史文獻中記載的七世紀下半葉唐朝朝廷操辦的慶典頗爲相符。《淨土盂蘭盆經》對官方出資操辦盂蘭盆供的強調對唐代皇室祭祖活動中採用佛教儀軌有重要影響。另外，本經還是首次出現目連及其母等前世故事的現存最早的中國文獻。

〔註18〕王利器撰：《顏氏家訓集解》卷七，「終制第二十」，第 602 頁，中華書局，1993 年。

〔註19〕據臺灣學者陳芳英《目連救母故事之演進及其有關文學之研究》，目前所存目連變文爲 16 種。

　　隨著目連救母故事的廣泛傳播，盂蘭盆節在唐代已經成為一個上至帝王將相下至販夫走卒全民參與的大型節日。唐代官方經常於七月十五日向寺院敬獻盂蘭盆供，「國家大寺，如似長安西明、慈恩等寺……（皇室）每年送盆獻供種種雜物，及舉盆音樂人等等，並有送盆官人，來者非一。」〔註20〕盂蘭盆供是政府出鉅資操辦的大規模的慶典，皇室和民眾都爭相供養僧伽，街市張燈結綵。當皇家儀仗從皇宮走向長安城外的敕建寺院的時候，鼓吹、華幡填滿街衢，大群百姓也會加入這個浩蕩的遊行隊伍。

　　《舊唐書》記載了於公元 629 年崇佛的武則天舉辦的大規模的「盂蘭盆節」慶典：「如意元年七月望日，宮中出盂蘭盆，分送佛寺。則天御洛南門，與百僚觀之。（楊）炯獻《盂蘭盆賦》，詞甚雅麗。」初唐四傑之一的楊炯，以文章華麗著稱，他的《盂蘭盆賦》也是以多彩的筆觸描繪了盂蘭盆節盛大的慶典和莊嚴的儀式：

　　　　陳法供，飾盂蘭，狀神功之妙物，何造化之多端；青蓮吐而非夏，頳果搖而不寒；銅鐵鉛錫，璆琳琅玕，映以甘泉之玉樹，冠以承露之金盤。憲章三極，儀形萬類，上寥廓兮法天，下安貞兮象地。

　　　　……

　　　　夫其遠也，天台傑起，繞之以赤霞；夫其近也，削成孤峙，覆之以蓮花，晃兮瑤臺之帝室，皰兮金闕之仙家。其高也，上諸天於大梵；其廣也，遍諸法於恒沙，上可薦元符於七廟，下可以納群動於三車者也。〔註21〕

　　通過這些描述，我們知道當時盂蘭盆供是如何奢華，慶典是如何盛大；還可以瞭解到唐朝皇室中元祭祖是採用佛教儀軌的。《佛祖統紀》卷五十一等資料載，唐代諸帝如代宗、德宗等皆極重視盂蘭盆供。在盂蘭盆節都舉辦了歷史上著名的盛大儀式。德宗還曾為此親自賦詩。另據《大宋僧史略》卷中〈內道場〉條載，代宗將過去施盆於寺之儀式改設於宮內，供奉更莊嚴之器物。至於民間行盂蘭盆會之盛況，如日僧圓仁之《入唐求法巡禮行記》卷四會昌四年（844）條所載，長安諸寺在七月十五日供養，作花蠟、花餅、假花等爭奇鬥豔，並於佛殿前鋪設供養，全城士庶巡寺隨喜，競修功德。又據《盂

〔註20〕〔唐〕道世：《法苑珠林》卷第六十二「祭祠篇」，第 448 頁，上海古籍出版社，1991 年。
〔註21〕《全唐文》第 2 冊，第 199 頁下，中華書局影印本。

蘭盆經疏‧序》載，僧眾亦循例於是日各出己財，造盆供養三寶。

唐五代以後，盂蘭盆節受實叉難陀所譯《救面然餓鬼陀羅尼神咒經》和不空《救拔焰口餓鬼陀羅尼經》等密宗經典的影響，採用了「放焰口」、「水陸法會」等密宗儀軌：把布施游蕩水中的鬼魂的供物倒入水溪中，同時把地獄中償債受難的亡魂的布施拋於地上。時至北宋，由於城市經濟的繁榮，盂蘭盆節的世俗化傾向更加突出。七月節使社會各階層齊聚於佛寺與市場，市場中買賣各種名目繁多令人眼花繚亂的商品：瓜果、雞冠花、家禽、米、麵條以及死者所用的冥器如衣服、冥錢等等。盂蘭盆供一般是將供物置於竹盆之內，上面還飾有目連救母的畫像，盂蘭盆的下半是將竹竿劈作數條張開作為盆腳，盆上放置冥錢焚之使之送往冥界。有時人們還留下竹盆預占氣候。宋代盂蘭盆之風習依舊，然而盆供之富麗莊嚴與供養佛僧之情形漸減，而形成薦亡之行事。據《東京夢華錄》卷八中元節條載，是日焚燒冥錢，衣服，並上演目連救母雜劇等。高承於《事物紀原》一書中，指責當時之盆會已失供養佛僧之意。又據南宋吳自牧之《夢粱錄》卷四載，僧寺於七月十五日設盂蘭盆會，集施主之財米等而為之行薦亡儀式。因知其後盂蘭盆會已成為寺院中每年重要行事之一。據《敕修百丈清規》卷七節「臘章月分須知條」及《幻住庵清規》載，盆會之內容僅限於諷經施食而已。明代袾宏於《正訛集》中，指出世人以該日施食鬼神為盂蘭盆會之訛誤。清代則綜合諸說，認為宜於白日奉蘭盆以供養三寶，而於夜間普度鬼神。然諸寺院遵行者不多，而民間一般仍多以薦亡度鬼為主。此外，在盂蘭盆會中所設之齋食供養，稱盂蘭盆齋；供佛僧之百味飲食、百種器具，稱盂蘭盆供；後世亦多以瓜、果、面、餅、茶、飯等，供養餓鬼。

在宋初，由於變文受到政府的禁絕，寶卷開始崛起於民間，這是一種繼承了變文的結構和內容，以散韻交錯的形式說唱因果報應和佛道故事的講唱文學。目連寶卷就是佛教故事中流傳最廣，也最受民間歡迎的一種。

宋代，盂蘭盆節會上演可以連演數日的目連雜劇，據孟元老《東京夢華錄》記載：

> 構肆樂人自過七夕，便般目連經救母雜劇，直至十五日止。〔註22〕

這些目連雜劇其實是唐代目連救母變文的戲劇化。目連救母故事的繼續的發

〔註22〕〔宋〕孟元老撰、鄧之誠注：《東京夢華錄注》卷八，第212頁，中華書局，1982年。

展演變，是這一故事在戲劇形式中的新生。後來目連救母戲劇的規模愈來愈龐大，著名的有明代鄭之珍的《新編目連救母勸善戲文》與清代內廷樂部所製《勸善金科》。《勸善金科》是我國戲曲上篇幅最長的劇本，它共有十本，每本二十四齣，凡二百四十齣。

到了明清，盂蘭盆節的宗教色彩更加淡化，逐漸成為民眾的狂歡節，依託寺院形成的廟會成為重要的貿易市場，普通民眾也借助節日的機會外出遊玩、享樂。明末張岱《陶庵夢憶》的《西湖七月半》中有非常精彩的描寫：

　　西湖七月半，一無可看，止可看看七月半之人。看七月半之人，
　以五類看之。其一，樓船簫鼓，峨冠盛筵，燈火優傒，聲光相亂，
　名為看月而實不見月者，看之。其一，亦船亦樓，名娃閨秀，攜及
　童孌，笑啼雜之，環坐露臺，左右盼望，身在月下而實不看月者，
　看之。其一，亦船亦聲歌，名妓閒僧，淺斟低唱，弱管輕絲，竹肉
　相發，亦在月下，亦看月，而欲人看其看月者，看之。其一，不舟
　不車，不衫不幘，酒醉飯飽，呼群三五，躋入人叢，昭慶、斷橋，
　嘄呼嘈雜，裝假醉，唱無腔曲，月亦看，看月者亦看，不看月者亦
　看，而實無一看者，看之。其一，小船輕幌，淨几暖爐，茶鐺旋煮，
　素瓷靜遞，好友佳人，邀月同坐，或匿影樹下，或逃囂裏湖，看月
　而人不見其看月之態，亦不作意看月者，看之。〔註23〕

張岱在這一段十分有趣的描寫中生動再現了盂蘭盆節杭州民眾歡樂嬉遊的熱鬧景象，我們從中已經看不出多少宗教氣氛，反而領略到充滿情趣的世俗情懷。由此可見這時盂蘭盆節已經成為民眾買賣交易、休閒遊樂的狂歡節。

盂蘭盆節作為一個宗教節日並非限於中國，而是整個漢語系佛教地區共有的節日。在日本於推古天皇十四年（606）起，諸寺於四月八日及七月十五日就有設齋之行事。齊明天皇三年（657），始設盂蘭盆會，因與祖先崇拜之民俗相融，故其後即盛行於朝野，至今不輟。因供奉亡靈，故亦稱魂祭、靈祭、精靈祭、精靈會。又行盆會為除亡者之苦患，而淨土真宗亦以之為追善、追福之修法，乃稱歡喜會。明治維新之後，日本採用西曆，定於每年八月十五日為盂蘭盆節。至今，盂蘭盆節依然是日本最盛大的傳統節日。

盂蘭盆節是中國一個非常重要的節日，它就像一個三棱鏡，通過它可以顯現出中國古代民眾的信仰與生活的方方面面，折射出盂蘭盆節所承載著的

〔註23〕〔明〕張岱：《陶庵夢憶》，第62～63頁，上海古籍出版社，1982年。

多重豐富的文化意義。瞭解盂蘭盆節為什麼盛行於古代中國，對認識中國宗教的特點有重要意義。

第二節 《佛說十王經》與「十王齋」、「生七齋」

在上編第三章中，我們已經介紹了藏川兩種《佛說十王經》的情況，《佛說十王經》對後世民俗影響甚巨，尤其是《預修十王經》奠定了此後中國喪俗的主要形式——以修「七七齋」做法會的形式薦拔亡魂以及每月二時修「生七齋」以免死後墮入地獄而轉生於樂處。

「七七齋」又作累七齋、齋七日。臺灣俗稱『做七』。七七各有名稱，初七日稱作所願忌，二七日稱為以芳忌，三七日則名灑水忌，四七日名阿況忌，五七日名小練忌，六七日名檀弘忌，七七日名滿中陰或四十九日。在第三章中，我們已經介紹《預修十王經》認為在亡人死後的頭七、二七、三七、四七、五七、六七、七七、百日、一年、三年等，亡魂在這些特定的日子裏經過地獄十王殿，亡人的家屬親人如能在這些日子裏，修齋造福、寫經造像，便可拯救亡魂出離地獄，若是少了一齋就會靈亡魂在這一王處多滯留一年。若人活著的時候於每月十五日、三十日自作此齋，可以預得功德，不墮地獄。我們來看敦煌寫卷斯五五四四號《佛說閻羅王受記令四眾修生七齋功德往生淨土經》中就如是說：

> 若善男子、善女人、比丘、比丘尼、優婆塞、優婆夷預修生七
> 齋，每月二時：十五日、三十日：若是新死，依一七計至七七、百
> 日、一年、三年，並□請此十王名字。每七有一王下檢察、必須作
> 齋。功德有無，即報天曹地府。供養三寶祈設十王，唱名納狀，狀
> 上六曹官、善惡童子，奏上天曹地府，冥官等記在名案，身到日時，
> 當便配生快樂之處，不住中陰四十九日。身死已後，若待男女六親
> 眷屬追救，命過十王。若闕一齋，乖在十王，並新死亡人，留連受
> 苦，不得出生，遲滯一劫，是故勸汝，作此齋事。〔註24〕

人死後亡魂在轉生之前至少要停留七七四十九天的說法與印度部派佛教「中陰身」的觀念有關，這是對輪迴主體的一種解釋。「中陰身」又名中有，

生死之果報有而非無，謂之中有。現生與當生中間之果報謂之中有，又稱中陰。即人死後尚未投胎之前，有一個由微細物質形成的化生身來維持生命，此化生身即是中陰身。此中陰身在最初的四十九天中，每七天一生死，經過七番生死，等待業緣的安排，再去投生。唐玄奘法師所譯《瑜伽師地論》卷一：

> 又此中有，若未得生緣，極七日住，有得生緣，即不決定。若極七日未得生緣，死而復生，極七日住。如是展轉，未得生緣，乃至七七日住。自此已後，決得生緣。又此中有七日死已，或即於此類生。若由餘業可轉中有種子轉者，便於餘類中生。又此中有，有種種名。或名中有，在死生二有中間生故。或名健達縛，尋香行故，香所資故。或名意行，以意為依，往生處故。此説身往，非心緣往。或名趣生，對生有起故。當知中有，除無色界，一切生處。〔註25〕

唐實叉難陀所譯《地藏菩薩本願經》卷上〈忉利天宮神通品〉云：

> 閻浮提造惡眾生，新死之者，經四十九日後，無人繼嗣，為作功德，救拔苦難；生時又無善因。當據本業所感地獄，自然先渡此海。〔註26〕

由以上兩則引文可知，中陰身存在最久只有七七四十九天，四十九日後即依所造之業而投生各道。造惡者過七七將墮入地獄；為善者得生善道。若於七七日內請僧轉經加以救拔，造惡者也將免於地獄之苦，因而人死後須於七七日內舉行齋會，薦拔死者亡靈。

佛經講人死後，中陰的活動的周期是七日，而《佛說閻羅王受記令四眾修生七齋功德往生淨土經》所言薦拔亡魂的特殊日期除七七日外，另有百日、週年和三年忌日。而這些日子的確定應是受中土儒家傳統喪儀的影響。中國傳統儒家禮制認為父母死後須守三年之喪。

周代喪期依親疏而有斬衰、齊衰、大功、小功和總麻之別。斬衰即父母之喪為三年喪；齊衰為一年，也稱期。服滿一年，即稱小祥；三年喪，實則兩年零一個月，在喪滿時除靈，故稱為大祥。

《禮記‧間傳》云：「父母之喪，既虞、卒哭，苴楣蒭屏，苄蒭不納，期而小祥，居惡室，寢有席；又期而大祥，居復寢，中月復禫，禫而床。」

〔註25〕 《大正藏》第30卷，《瑜伽師地論》卷1，第282頁a～282頁b。
〔註26〕 《大正藏》第13卷，《地藏菩薩本願經》卷1，第779頁a。

〔註27〕

《儀禮‧既夕禮》：

> 三虞。卒哭。〔註28〕

《後漢書‧顯宗明帝紀第二》：

> 帝初作壽陵，制令流水而已，石槨廣一丈二尺，長二丈五尺，無得起墳，萬年之後，掃地而祭，杅水脯糒而已；過百日，唯四時設奠。〔註29〕

綜上所引，我們可以知道，古代禮制規定父母死後百日稱爲卒哭。所謂卒哭，是指停止初死時的無時之哭，而改爲朝夕一哭，因爲自百日後終止無時之哭，所以稱爲卒哭。雙親死後一年爲小祥，三年爲大祥。藏川的《佛說十王經》中，糅合了佛教中陰身的觀念與中土以儒家爲代表的傳統喪儀，形成了在人死後七七、百日、小祥、大祥等特殊的日子裏，要修「十王齋」造福，薦拔亡靈，這樣死去的先人才可以安然度過閻羅十殿，轉生善處。藏川將中國傳統守孝三年的禮制與佛教薦拔亡靈的觀念儀式結合起來，爲形成新的喪葬民俗儀式提供了理論基礎。

當然，一個新的民俗不是在一天中形成的，「七七齋」在民間也是醞釀已久。薦拔亡魂之事，在六朝時就已經存在了。《北史》胡國珍傳及王玄威傳，就曾經記載了七七及百日的齋戒薦拔，這說明爲死者做七的民俗，在當時就已經開始了。

《北史‧胡國珍列傳》：

> 又詔自始薨至七七，皆爲設千僧齋，齋令七人出家；百日設萬人齋，二七人出家。〔註30〕

《北史‧王玄威列傳》：

> 獻文崩……及至百日，（玄威）乃自竭家財，設四百人齋會。忌日，又設百僧供。至大除日，詔送白紬袴褶一具，與玄威釋服，下州令表異焉。〔註31〕

〔註27〕〔清〕孫希旦撰：《禮記集解》卷五十五，第1366頁，中華書局，1989年。
〔註28〕李學勤等：《十三經注疏‧儀禮》卷第四十，第764頁，北京大學出版社，1999年。
〔註29〕《後漢書》卷二，第123～124頁，中華書局，1965年。
〔註30〕《北史》卷八十，第2688頁，中華書局，1974年。
〔註31〕《北史》卷十五，第2844頁，中華書局，1974年。

由此可見，「七七齋」在六朝時期已經形成風氣。佛教正統的說法認為「地獄」是佛家三惡道之一，只有作惡之人才會生地獄中，並不是每個新死之人都必須經過地獄審判，然後才能往生。但是藏川的《十王經》將這種觀念加以擴大，認為新死之人，魂即入地獄，並不是等四十九日才入地獄。且自初死之初七至七七、百日、週年、三年等，都有冥王掌管。如果世人行善或生時預修了生七齋，死後才能「不住中陰四十九日，不待男女追救，命過十王」，這也就是說，每個人死後都須到地獄走一遭，只是修善以及預修七齋者，可以不受地獄苦刑，直接命過十王而往生。藏川《十王經》的說法是佛教中國化的重要表現，它在繼承佛教「七七齋」的基礎上，融納了中國儒家傳統的三年守喪之說。

「七七齋」雖然在六朝就已經流行，但是按照《十王經》來作七，則是始於唐代。有關唐世做七的記載可以在敦煌出土的文物中發現很多。比如編號為斯五五二七好的卷子，上面所載即是說阿婆身歿之後，家人替她修七齋的日程表：

斯五五二七號《阿婆身歿修七齋及百日齋日程表》：

> 甲申年六月三日，阿婆身歿，至九日，開七齋；至十六日，二七齋；至廿三日，第三七齋；至七月一日，第四七齋；至八日，五七齋；至十五日，六七齋；至廿二日，修七齋；至九月十三日，百日齋。〔註32〕

因為《十王經》說修齋者應在「供養三寶所設十王」，因而這張日程表，當時阿婆家屬在阿婆亡後，延請寺僧作齋會，寺廟之人將他來寺廟作齋會的日期次數記載下來，以備遺忘。正因為是寺僧所記，因此文中稱「阿婆」而沒有用尊稱。

此外，北八二五九（岡四四）號卷子，共抄有《佛說閻羅王受記經》（十王經）、《佛說護諸童子經》及《般若婆羅蜜多心經》等三經。在三經之末，均分別有識語。《十王經》末之識語云：「四月五日，五七齋，寫此經以阿孃馬氏追福（以下數字殘缺不明）……」，《佛說護諸童子經》卷末識語云：

> 四月十二日，是六七齋，追福寫此經，馬氏一一領受寫經功德，願生於善處，一心供養。

〔註32〕 以下六則敦煌材料均轉引自蕭登福《敦煌俗文學論叢》第四篇「敦煌寫卷《佛說十王經》之探討。臺灣商務印書館，1988 年。

《般若婆羅蜜多心經》末之識語云：

> 四月十九日是收七齋，寫此經一卷，以馬氏追福，生於好處，
>
> 遇善知識，長逢善和眷屬，永充供養。

北八二五九號卷子，前有殘缺。我們由抄寫者在三經之末的識語來看，可以判定寫經者是爲死去的母親抄經薦福，而且很有可能從一七抄至七七。

此外，北八二五七（字四十五）號卷子亦是抄寫《十王經》，卷末識語云：

> 安國寺患尼弟子妙福發心敬寫此經，一七養，一心供養

斯五七五○號《閻羅王受記經》卷末識語云：

> 一切怨家債主領受功德。

斯六二三○號《閻羅王受記經》卷末識語云：

> 奉爲慈母病，速得詮隱（痊愈），免授地獄。一爲在生父母作福。
>
> 二爲自身及闔家內外親等無知□長，病患不侵，常保安樂，書寫□
>
> 經，免共犯罪業報。同光肆年丙戌歲六月寫記之耳。

以上所引的這些史料，有的是因親屬亡故，在作七時，以抄寫《十王經》來薦拔亡魂；有的是因親屬患病，抄經祈福，以求死後免入地獄。

再者，在唐人作七薦拔亡魂或者抄寫經文迴向眾生的許多經卷中，還有不少有趣的例子，比如斯五五四四號《佛說閻羅王受記令四眾逆修生七齋功德往生淨土經》的卷末識語中可以看出抄經者的意圖是因爲役使耕牛致死，害怕老牛讎訟，所以爲其抄寫《十王經》以超度它的亡靈：

> 奉爲老公牛一頭，敬爲《金剛》一卷，《受記》一卷。願此牛身
>
> 死受功德，往生淨土，再莫受畜生身，天曹地府，分明分付，莫令
>
> 更有讎訟。

這裏《受記》一卷指的即是《佛說閻羅王受記經》。這個寫卷中還繪有十王圖。

從上引的材料，我們可以得見以《十王經》來作爲薦拔亡魂之用的「七七齋」、「十王齋」喪俗在唐世已經十分普遍。這個喪俗在後世一直流傳，民間把追薦亡魂的「七七齋」又叫作「水陸道場」，有錢人在親屬死後可以延僧營齋舉行盛大的水陸法會，而貧寒之家，做七則大致以家庭祭奠爲主，他們從死者去世之日起，每七天舉行燒紙祭祀儀式，所以又稱作「燒七」。這其實是對佛道齋會的簡化儀式。滿七七後至百日則有百日祭，週年時則舉行週年祭，三年也舉行燒三週年禮，懷念自己的親人，並將此作爲「忌日」。從此以

後則不再舉行特別的祭祀儀式，死去的親人就和其它祖先一樣，僅僅在逢年過節的時候接受子孫們的祭拜。

除了為死去的親人薦拔亡魂的「七七齋」、「十王齋」外，斯五五四四號《佛說閻羅王受記令四眾修生七齋功德往生淨土經》還提到了「生七齋」：

> 若善男子、善女人、比丘、比丘尼、優婆塞、優婆夷預修生七齋，每月二時：十五日、三十日，……若生在之日作此齋者，名為預修生七齋，七分功德盡皆得之，若亡沒已後，男女六親眷屬為作齋者，七分功德，亡人唯得一分，六分生人將去，自種自得，非關他人與之。〔註33〕

《十王經》中「生七齋」的說法，一方面繼承了六朝時盛行的「八關齋」，另一方面開創了每月二日的齋戒方式。每月二日在《十王經》中是指每月的十五、三十日，但是後世民間卻是在初一、十五兩日持齋修福。這種改變，可能是受了宋代淡癡的《玉曆寶鈔》的影響。《玉曆寶鈔》卷末有一行刊行者勿迷道人的識語中有云：

> 每月初一、十五日，多逢佛聖神仙誕辰，俱宜齋戒行善。勿迷道人並勸。〔註34〕

藏川的《十王經》在宋後被《玉曆寶鈔》所取代，因而每月二日的持齋祭拜地獄十王，自然也就由十五、三十兩日改為初一、十五日了。《釋氏要覽》卷下記載了唐代以來「七七齋」的儀式：

> 北俗亡，累七齋日皆令主齋僧剪紙幡子一首，隨紙化之。按《正法念處經》有一十七種中有，謂死時，若生天者，即見中有如白㲲垂下，其人識神見已，舉手攬之，便受天人中有身。故今七七日是中有死生之日，以白紙幡子勝幢之相示之，故此人招魂魄皆用白練，甚合經旨也。〔註35〕

十王信仰和「七七齋」不僅在中土廣泛流傳，還遠渡重洋影響到日本，依《續日本紀》卷十九『天平勝寶十八年』條下所載，聖武天皇駕崩時，諸寺均修「七七」齋會。《拾遺古德傳繪詞》卷九亦載源空上人示寂後，門人為追薦上

〔註33〕杜斗城：《敦煌本佛說十王經研究校錄》，第 76 頁，甘肅教育出版社，1989年。

〔註34〕轉引自蕭登福《敦煌俗文學論叢》第四篇「敦煌寫卷《佛說十王經》之探討。臺灣商務印書館，1988 年。

〔註35〕《大正藏》第 54 卷，《釋氏要覽》卷下，第 305 頁 c。

人而修七七齋之事。鐮倉時代盛行冥府十王說，七七修齋因此為世所重，如在初七日供不動尊，二七日供普賢菩薩，乃至七七日供彌陀如來。

文　學　編

第六章 「地獄文學」的藝術虛構與敘事時空

　　所謂「地獄文學」是佛教地獄觀念傳入中土以後，中國文學的新生事物。佛教三界六道的宇宙觀，佛教典籍中對天堂地獄等的幻想對六朝以來尤其是唐代小說文體的形成與發展起到了催化劑的作用。這種對人類從未經驗過的「他界」的幻想與虛構也為中國文學提供了廣闊的創作空間，在以往的文學作品中從未出現的地獄巡遊、仙境遊歷等故事主題開始出現，這些敘事文學作品為中國文學提供了嶄新的人物形象、因果輪迴的情節結構模式等等。雖然中國小說受史傳文學的影響深遠，六朝以來的志怪、志人小說都是本著「實錄」的歷史精神來寫作的，宗教傳說的「他界」幻想則不容置疑地激發了中國文學的想像力和虛構敘事。

第一節 「地獄文學」 〔註1〕的藝術虛構

一、宗教幻想與藝術虛構

　　小說在本質上是虛構性的敘事作品。作為人類重要的意識與行為之一的虛構，起源於原始人的神話巫術思維。產生於上古的世界各民族的瑰麗神奇的神話以及其它史前藝術，都離不開原始人的幻想與虛構。這是因為原始人的一切意識與行為都充斥著幻想與虛構的內容，虛構使他們與周圍的世界建

〔註1〕 我們這裏討論的「地獄文學」主要是指「地獄巡遊」母題與「目連救母」母題的小說、變文等。

立起千絲萬縷的關係。正因爲原始人的混沌思維不能區分共性與個性、生命體與非生命體以及現實性與非現實性，他們只能通過幻想與神話的思維方式來把握世界。這種方式自然不是科學的，但是它卻同藝術思維在本質上有一致性，所以人類各民族的神話創造了後人難以企及的藝術境界，馬克思認爲希臘神話在某種意義上說仍是「人類高不可及的範本」。

　　然而，中國文學與其它民族相比，其特點在於，由於中國文化成熟較早，以儒家爲代表的理性主義精神使得中國文學一直以不需要積極虛構的抒情文學爲主。孔子「不語怪力亂神」、「敬鬼神而遠之」，以《詩經》爲主確立的文學傳統，抑制了對神、超自然事物的關心，文學的目光集中在現世、現實大地上的人。所以日本著名中國文學研究家吉川幸次朗先生認爲：「重視非虛構素材和特別重視語言表現技巧可以說是中國文學史的兩大特長。」〔註2〕吉川先生確實說出了中國文學非常重要的特點，但是並不能否定中國文學中國敘事文學的存在及其成就。中國的神話雖然保存得很不完整，文學想像力也受到正統思想的限制，比如中國在虛構性的敘事文學沒有發達起來之前，最重要的敘事文本是史傳文學。其實早在《左傳》那樣的中國早期的歷史著作中就存在著一定程度的虛構。例如《左傳》記述晉靈公失其爲公之道，豪奢、昏庸、殘暴，朝臣趙盾多次進諫，「公患之。使鉏麑賊之。晨往，寢門辟矣。盛服將朝，尚早，坐而假寐。麑退，歎而言曰：『不忘恭敬，民之主也！賊民之主，不忠；棄君之命，不信。有一於此，不如死也。』觸槐而死」〔註3〕。在這段描寫中，鉏麑的話是其內心獨白，即使形之於聲，他作爲刺客也會避開他人耳目，不會有人聽得到的。顯然是《左傳》的作者爲了塑造鉏麑這位血肉豐滿的忠信之士的形象，虛構了他臨終的話。而這樣的虛構在《戰國策》中更是每每可見。西漢史學家司馬遷早已發現這種現象：「世言蘇秦多異，異時事有類之者皆附之蘇秦」〔註4〕。至於司馬遷自己，爲了事件和人物的完整性，也常常虛構細節。如《史記·外戚世家》記載，「漢王入織室，見薄姬有色」，「是日召而幸之。薄姬曰：『昨暮夜妾夢蒼龍據吾腹。』高帝曰：『此貴徵也，吾爲女遂成之。』一幸生男，是爲代王。」〔註5〕這段高祖和薄姬的私

〔註2〕　吉川幸次郎：《中國文學史之我見》，見《我的留學記》第 168 頁，光明日報出版社，1999 年。

〔註3〕　《晉靈公不君（《左傳·宣公二年》）》，見《先秦文學史參考資料》第 173 頁，中華書局，1986 年。

〔註4〕　司馬遷：《史記·蘇秦列傳》，第 2277 頁，中華書局，1959 年。

〔註5〕　司馬遷：《史記·外戚世家》，第 1971 頁，中華書局，1959 年。

房話，司馬遷何以知之？很明顯是司馬遷爲逝去的人物虛構的。此外，還有
《史記·項羽本紀》中項羽死前與虞姬的對話和所賦之《垓下歌》，外人也很
難聽到，也是史遷爲了人物性格的豐滿而虛構的。針對史書中這種虛構的現
象，錢鍾書先生有一段精彩的論述：「上古既無錄音之具，又乏速記之方，駟
不及舌，而何其口角親切，如聆聲欬歟？」錢先生認爲「蓋非記言也，乃代
言也，如後世小說、劇本中之對話獨白也」。這些描寫都是作者「設身處地，
依傍性格身份，假之喉舌，想當然耳」〔註6〕。

　　史傳文學中不乏虛構，這確實是不容置疑的事實。但史傳文學中的虛構
與俗文學小說、戲劇中的虛構是不相同的。前者是歷史著作，不能無限制地
虛構，客觀事實支配和制約主觀的虛構，其走向是從客觀到主觀，要求不斷
地符合客觀，達到歷史的眞實；而後者是主觀支配客觀，其走向是從主觀到
客觀，達到藝術的眞實。

　　作爲一種獨立的文學樣式，小說的本質特徵表現在它的敘事虛構性上。
馬振方在其《小說藝術論》中，將小說的概念作了這樣的表述：以散體文摹
寫虛擬人生的自足的文字語言藝術。他還在同書中強調「小說內容、形式
基本要素構成的四種規定性：敘事性、虛構性、散文性、文字語言自足性」
〔註7〕。

　　在中國敘事文學從基本非虛構的史傳到虛構的小說的發展過程中，宗教
敘事的神話思維與綺麗幻想起到了十分重要的作用。這種影響尤其表現在六
朝隋唐小說文體逐步獲得創作自覺的時期。在明代胡應麟《少室山房筆叢》
中就談到了佛教道教對中國小說源頭的影響：

　　　　《飛燕》，傳奇之首也；《洞冥》，《雜俎》之源也；《搜神》，《玄
　　怪》之先也；《博物》，《杜陽》之祖也；魏晉好長生，故多靈變之說；
　　齊梁弘釋典，故多因果之談。〔註8〕

魯迅先生在 1909 年秋至 1911 年底間輯成《古小說鈎沈》一書，其中收錄了多
種宗教小說，並在序中闡明在六朝中國小說初興之時，佛教與道教的傳教故
事集是其時重要的兩種小說形式：

　　　　賁語支言，史官末學：神鬼精物，數術波流；眞人福地，神仙

〔註6〕　錢鍾書：《管錐編》（第一冊），第 164～165 頁，中華書局，1979 年。
〔註7〕　馬振方：《小說藝術論》，第 8 頁，北京大學出版社，1999 年。
〔註8〕　胡應麟：《少室山房筆叢》卷二十九〈九流緒論下〉，第 283 頁，上海書店出
　　　　版社，2001 年。

之中駟；幽驗冥徵，釋氏之下乘。人間小書，致遠恐泥，而洪筆晚
起，此其權輿。〔註9〕

在六朝時期，中國小說沒有文體自覺，它還是史傳或宗教的附屬物，直到唐
代傳奇的出現，中國小說才有了明顯的創作意識，有了自覺的藝術虛構，具
備了小說文體的自覺。所以魯迅先生在其《中國小說史略》第五篇〈六朝之
鬼神志怪書〉中開篇即云：

> 中國本信巫，秦漢以來，神仙之說盛行，漢末又大暢巫風，而
> 鬼道愈熾；會小乘佛教亦入中土，漸見流傳。凡此，皆張皇鬼神，
> 稱道靈異，故自晉迄隋，特多鬼神志怪之書。其書有出於文人者，
> 有出於教徒者。文人之作，雖非釋道二家，意在自神其教，然亦非
> 有意爲小說，蓋當時以爲幽明雖殊途，而人鬼乃實有，故其敘述異
> 事，與記載人間常事，自是固無誠妄之別也。〔註10〕

而在同書第八篇〈唐之傳奇文〉（上）中又說：

> 傳奇者流，源蓋出於志怪，然施之藻繪，擴其波瀾，故所成
> 就乃特異，其間或託諷喻以紓牢愁，談禍福以寓懲勸，而大歸則
> 究在文采與意想，與昔時傳鬼神明因果而外無他異者，甚異其趣
> 矣。〔註11〕

根據魯迅先生的觀點，宗教小說在小說文體的從萌芽到自覺的演變過程中，
都扮演了重要的角色：在萌芽初興的時期，宗教小說甚至是小說的主要形式，
是小說的主力軍；到了自覺階段，雖然宣揚宗教的寫作意圖已經淡化，立意
在寄託作者對人生世態的感懷，但是宗教小說的形式技巧、故事原型以及人
物、情節等素材仍然在繼續發揮著作用，而且經久不衰。

　　早期的「地獄文學」的作者是本著「實錄」精神來寫這些故事的，但是
地獄畢竟是子虛烏有的東西，沒有人眞正遊歷過，那麼地獄巡遊的情景就不
能不說是想像和虛構的結果。所以，即便傳播和記錄者主觀上是爲了傳播佛
教信仰，但是客觀上已經是在「作意好奇」了。這也就是說，六朝志怪小說
如《幽明錄》、《冥祥記》等「釋氏輔教之書」，作者的寫作動機，即是眞實記
錄發生的事實，依據的是「實錄」的歷史精神，表達的是一種作者作爲宗教

〔註9〕 魯迅：《古小說鉤沈序》，見《魯迅全集》第十卷，第3頁，人民文學出版社，
　　　　1981年。
〔註10〕 魯迅：《中國小說史略》，第24頁，上海古籍出版社，1998年。
〔註11〕 魯迅：《中國小說史略》，第44～45頁，上海古籍出版社，1998年。

信仰者的心目中的事實和絕對的眞理，但是當作事實和眞理來描摹的「實事」往往是現實中根本就不存在的，而是根據宗教教義非現實的理論想像虛構的結果。比如在六朝志怪小說中常常可以見到的「地獄巡遊」故事，對地獄恐怖的景象加以的表現並不是根據作者的親身經歷來記錄的，而是作者根據民間傳說想像虛構的結果。這些虛構描寫雖然不是作者主觀主動能動、有意識的，但是在事實上卻形成了虛構的結果。

馬振方對小說的「虛構性」也有具體的解釋，他說：

> 小說摹寫的「虛擬人生」包括奇幻的與現實的兩種樣態。前者的虛構性自不必說，後者的虛構性也是顯而易見的。藝術內容的虛構性是近代意義的小說的重要規定性，也是小說同實錄文學（傳記、特寫、回憶錄等）的重要區別。小說取材於社會生活，各種類型的作品都在不同程度上融入一些眞實人事。但只是「融入」，並非實錄。它們經過作家頭腦的「想化」、改造，進入作品，就失去生活實錄的「眞」，獲得藝術虛構的「假」，求得更高層次的「眞」。這就是小說和其它虛構文學的眞假藝術辯證法。沒有虛構，就沒有眞正意義的小說。〔註12〕

佛教天堂地獄觀念使得「地獄巡遊」故事具有了強烈的虛構色彩，由於想像力的解放，佛教類小說成爲六朝後期有成就的小說類型。佛教的廣泛傳播適逢道教的成熟，兩者是在互相的競爭中發展壯大的。道教的教義宣揚長生，不禁酒色，其中的神仙故事有充滿了人神相戀的豔遇和華麗壯觀的樓臺亭閣以及千奇百怪的山珍海味，與佛教相比較而言更有世俗色彩，當然也就更吸引人。而在早期的佛教宣教故事情節簡單，公式般的因果報應，將豐富多彩的生活寫得單調、粗俗。但是這種現象在六朝小說發展到劉宋以後，發生了變化：

> 魏晉南北朝時代的所謂志怪小說，從歷時發展看，可以劉宋時代爲界線，分成前後兩個時期。前段時期的志怪小說作品，它們的內容雖然是超自然的、不可能實有的事爲中心，但是作者們的眼睛還是注視著現實社會的萬般現象，所以我們詳讀這些作品時，能夠瞭解當時下級官僚階層爲中心的作者們對社會懷有怎樣的感想和見解。可是到了後一階段，志怪小說的性質改變了，後期的志怪小說

〔註12〕馬振方：《小說藝術論》，第9頁，北京大學出版社，1999年。

已經喪失了對社會和現實生活的興趣。有些作品只是追求情節的離奇，而且大多數作品可以說是由前期遺留下來的惰性產生的。它們缺乏生氣，沒有光彩，在這種志怪小說全面式微的局面裏，看來只有佛教志怪小說作品仍然保持著獨自的活力。〔註13〕

二、兩篇小說的個案分析

我們以六朝時期佛教徒王琰所著之著名的「釋氏輔教之書」《冥祥記》中的「沙門慧達」〔註14〕的故事為例來分析其中的文學虛構的成分。「沙門慧達」可以分為四個敘事段落：

(1) 沙門慧達的身世履歷，慧達俗名劉薩荷，未出家前，長於軍旅，不聞佛法，尚氣武，好畋獵。這些是純粹的歷史實錄敘事。

(2) 劉薩荷年三十一曾暴病而死，經七日復活。這也是單純的客觀敘事。

(3) 劉復活後自述其入冥經歷。這一段落進入倒敘，字數佔了全文的絕大部分，是全篇的主體。這一段落又可以細分為6個段落：

　　a. 被追入冥，入十許家乞食，皆不予，反受地中湧出之人以鐵杵擊之。

　　b. 為一奇異老嫗傳書。

　　c. 遇見兩沙門勸其歸命釋迦文佛。沙門引其遍觀地獄：寒冰地獄、刀山地獄等。

　　d. 觀音大士現身地獄具為說法，點明劉薩荷前世因果，言其復活後應作沙門往各處禮拜阿育王塔及佛像，以求不墮地獄。

　　e. 接受地獄審判，因田獵殺生，被投入鑊湯中燒煮，以償其業報。自視四體，潰然爛碎。

　　f. 因前世嘗聞經法，生歡喜心，所以只受輕罰，又得還生。

(4) 劉薩荷復活後，奉法精勤，遂即出家，法名慧達。太元末，尚在京師。後往許昌，不知所終。這一段時、地、人皆為實錄。

從以上的分析來看，情節 1、2、4 皆是實錄，仍然是史傳文學的筆法；情節 3 卻是虛構。雖然王琰主觀上是把僧慧達在冥間地獄的經歷當作千真萬

〔註13〕〔日〕小南一郎：《〈觀世音應驗記〉排印本跋》，見《觀世音應驗記三種》，中華書局，1994年。

〔註14〕魯迅：《古小說鉤沈》，第304頁，齊魯書社，1997年。

確的事實來記錄的，但是從現實的效果來看，這已經是地地道道的「虛構」
了。當然，這種虛構更多的不是在生活真實的基礎上的加工改造，而是依據
佛教經典的敘述進行的憑空冥想的「虛幻」。

到了唐代，小說的虛構藝術更加成熟，「地獄巡遊」故事也從《冥祥記》
中的「虛幻」發展為充滿生活氣息、建立在生活真實上面的、追求「更高層
次的真」的「虛構」。讓我們來看唐代李玫〔註15〕的《纂異記》中的〈浮梁
張令〉〔註16〕。在這一篇小說中沒有直接描寫地獄刑罰痛苦情狀，冥界鬼
吏如同人間的官吏一樣活動在陽世拘人精魂。浮梁縣令張某家業浩大，秩滿
進京途中偶遇來自冥界的押送關中死籍的鬼卒「黃衫者」。因張饗之以酒肉，
鬼吏酒酣後言明身份並讓張觀看了其隨身所攜帶之冥簿，不料第二行即赫然
寫著「貪財好殺，見利忘義，前浮梁縣令張某」，張令許以數十萬求鬼吏設
法使其免死。鬼吏為報其一飯之恩，為其出計，令其求請太山金天王和蓮花
峰上的仙官劉綱幫忙。張令於是「賫牲牢，馳詣嶽廟，以千萬許之，然後直
詣蓮花峰」。蓮花峰仙官劉綱本不願出力助張令，但是由於與南嶽博戲輸錢
二十萬而急需金錢的金天王發來書箚為張令求情，仙官只好說：「關節既到，
難為不應。」劉綱看在金天王的情面上奏天帝代張令乞求免死，張令因此得
以延壽五年。黃衫吏前來祝賀張令並求張令酬金天王願時代求金天王把他置
為闇人以脫離遞符執事之困。但是貪財好利的張令吝惜金錢沒有實現他許諾
給金天王的千萬金錢。第二天，黃衫吏前來呵斥張令失信違約，「言迄，失
所在。頃刻，張令有疾，留書遺妻子，未迄而終」。

這篇小說最吸引人的不是以往同類小說所渲染的地獄恐怖，而是彌漫字
裏行間的人情世故。鬼吏因為受張令一飯之恩就枉法讓張令偷看到生死秘
籍，還為他指點免死方法；金天王一如人間官僚，因為賭博輸錢財政緊張所
以為了千萬金錢願意為張令向仙官劉綱求情；而仙官本不願多管閒事，但是
由於金天王的書箚，礙於情面，他不得不上奏天帝；而貪財好利的張令卻因

〔註15〕《纂異記》原書一卷，《新唐書·藝文志》、《宋史·藝文志》、《崇文總目》等
均曾著錄，但於作者的名字則頗有不同。《新唐書·藝文志》、《崇文總目》作
「李玫」，《宋志》題作「李攻」，又「一作政」。《南部新書》引書中〈許生〉
事而稱作者為「李玫」，《全唐詩》亦收錄〈許生〉中詩而題作者為「李玫」。
核以本書〈齊君房〉篇末作者自稱為「李玫」，所以其名當以「玫」為是。

〔註16〕李玫：《纂異記·浮梁張令》，見《唐五代筆記小說大觀》，第518～520頁，
上海古籍出版社，2000年。

爲吝惜金錢未實現對金天王的許諾而受報立死。文中對他怕死貪財的性格的描寫也很有趣：張令在得知命將不久時，慌忙乞告鬼吏曰：「修短有限，誰敢惜死？但某方強仕，不爲死備，家業浩大，未有所付，何術得延其期？某囊中，計所值不下數十萬，盡可以獻於執事。」在這時張令爲求免死可以不計一切代價；而一旦免死後「張令駐車華陰，決束歸。計酬金天王願，所費數逾二萬。乃語其僕曰：『二萬可以贍吾十舍之資糧矣。安可以受祉於上帝，而私謁於土偶人乎？』」脫離危險後張令貪財本色畢現，不肯實踐許諾，結果受報立死。

小說中的神明、鬼吏並不具有神聖莊嚴的神性，而是與世俗人間的官吏一樣，或是貪人賄賂，或是因人情而徇私枉法。這真實反映了中國古代宗法社會重視人情的特點。它沒有絕對的規則，什麼法規都可以因人情厚薄而表現出不同的彈性。小說雖然虛構了天帝、泰山金天王、仙官、冥吏等神話世界，但是這種虛構不同於六朝志怪的憑空的幻想，而是建立在現實基礎上的。它真實地反映了世俗的人情世態，具有濃厚的諷刺色彩，這種虛構反映了現實生活的本質，表現出了貪財怕死的普遍人性，因而具有更高的藝術真實。

綜上所述，我們認爲六朝時期，佛教敘事的誇誕虛構，刺激了中國小說的虛構意識。但在當時主要表現爲以「幻想」爲主的虛構。到了唐代很多優秀的作品中，在因果輪迴、地獄報應的故事框架中加入了具有細節真實性和符合生活邏輯的因素，使得唐代的傳奇志怪具有了更高的藝術價值。這時的「虛構」已經是真正小說化的藝術虛構了。所以我們說，在整個中國小說文體逐漸獲得自覺的過程中，佛教敘事、尤其是地獄巡遊故事等對小說虛構意識覺醒所起的作用應該得到肯定。

第二節　「地獄文學」與敘事時空

「地獄文學」的出現爲中國文學開闢了新的藝術時空，增添了新的文學樣式、故事模式以及許多前所未有的人物形象。中國文學向來以注重表現現實生活爲主流，一般關注表現現世，對死後的彼岸世界不太有探究的熱情。但是在佛教和道教的影響下，在六朝的志怪小說中開始出現表現仙境、天堂和幽冥地府的小說，其中「地獄巡遊」類的小說還逐漸蔚爲大宗。

「神仙小說」與「地獄小說」的出現，改變了中國文學只描寫現世的傳

統，中國文學因此獲得了更廣闊的表現內容。從此中國文學有了對「他界」的描寫，中國的文人也因此有了新的表現技巧和想像空間。雖然在這些新型小說最初出現的時期，編撰或寫作它們的人們的初衷並非主觀有意識的藝術開拓而是爲了宣揚他們的信仰，但是它們的出現在文學史上的意義卻不容忽視。

一、嶄新的藝術空間——幽冥地府

我們在第一章中曾經討論過中國固有的冥界思想。在中國固有的關於冥界的文字表現中幾乎沒有對陰間直接的描寫。究竟地下黃泉、太山冥府什麼樣？我們在現存的文獻當中，是很難找尋到一些蛛絲馬跡來的。只有在如長沙馬王堆一號漢墓出土的帛畫這樣的文物中透露出一些信息，才可以讓我們彷彿掀開重重歷史帷幕的一角，一窺上古先民心目中的幽冥地府的景象。對地獄眞正豐富多彩的描寫，是在佛教地獄觀念傳入中土以後。所以可以說，佛教地獄觀念的引進，使得中國文學有了嶄新的藝術空間。從此我們看到了此前文學作品中從未得見的陰森或如同人間市井的地府、嚴正或荒唐的地獄審判、酷毒的地獄刑罰以及閻羅王、泰山府君、崔府君、鬼卒牛頭馬面等新鮮的人物形象。

我們先來看六朝隋唐小說對地獄情狀的表現。六朝時期著名的「趙泰」故事，在《幽明錄》、《冥祥記》中都被收錄。在這篇小說中，泰山府君的官衙是「一大城，崔嵬高峻。城邑青黑色，遂將泰向城門入。經兩重門，有瓦室可數千間。男女大小亦數千人行列，而吏著皂衣，有五六人，條疏姓字，云當以科呈府君」。而地獄分爲水官監和泥犁地獄，前者是不爲善亦不爲惡或犯有輕微罪過的人服苦役地方；後者是以酷刑懲罰重罪之人的地方。趙泰死後因不爲善亦不爲惡，被遣至水官監作吏，「將二千餘人運沙裨岸，晝夜勤苦」。後來趙泰轉遷水官都督，知諸獄事，趙泰因此得以案行地獄。趙泰眼中的地獄十分淒慘：

> 所至諸獄，楚毒各殊。或針貫其舌，流血竟體。或被頭露髮，
> 裸形徒跣，相牽而行。有持大仗，從後催促。鐵床銅柱，燒之洞然；
> 驅迫此人抱臥其上。赴即焦爛，尋復還生。或炎爐巨鑊，焚煮罪人，
> 身首碎墜，隨沸翻轉。有鬼持叉，倚於其側。有三四百人，立於一
> 面，次當入鑊，相抱悲泣。或劍樹高廣，不知限量，根莖枝葉，皆

劍爲之，人眾相訾，自登自攀，若有欣意，而身體割截，尺寸離斷。
〔註17〕

地獄漫長的刑罰結束後，罪人要進入「受變形城」：

地獄考治已畢者，當於此城，更受變報。秦入其城，見有土瓦
屋數千區，各有坊巷。正中有瓦屋高壯，闌檻采飾。有數百局吏，
對校文書，云殺生者當作蜉蝣，朝生暮死；劫盜者當作豬羊，受人
屠割；淫逸者作鶴鶩獐麋；兩舌作鴟梟鵂鶹；捍債者爲騾驢牛馬。
〔註18〕

我們再來看上一節中已經提到的「沙門慧達」中慧達所見過的地獄：

遙見一城，類長安成，而色甚黑，蓋鐵城也。見人身甚長大，
膚黑如漆，頭髮曳地。沙門曰：「此獄中鬼也。」其處甚寒，有冰如
席，飛散著人，著頭，頭斷；著腳，腳斷。二沙門云：「此寒冰地獄
也。」〔註19〕

魏晉六朝時期的地獄巡遊小說中的地獄一般是陰森恐怖的，其目的是突出因
果報應的嚴肅性，以殘酷的地獄刑罰來引發讀者的敬畏心，以起到勸善止惡
的作用。到了隋唐時期諸如此類的小說依然很多，比如唐臨《冥報記》中的
〈李知禮〉。唐隴西李知禮「善弓射，能騎乘，兼工放彈，所殺甚多，有時罩
魚，不可勝數」。入冥後受報，「以麻編發，並縛手足，臥在石上，以大石鎮
而用磨。前後四人，體並潰爛」；被放後，恣意遊行，入一牆院，禽獸一群，
可滿三畝餘地，總來索命，漸相逼進：

曾射殺一雌犬，直向前嚙其面，次及身體，無不被傷。復見三
大鬼，各長一丈五尺，圍亦如之，共剝知禮皮肉，須臾總盡，唯面
及目白骨，兼見五藏，乃以此肉分乞禽獸。其肉落而復生，生而復
剝。如此三日，苦毒之甚，不可勝記。事畢，大鬼及禽獸等，忽然
總失。知禮回顧，不見一物，遂即逾牆南走，莫知所之，意中似如
一跳千里。復有一鬼逐及知禮，乃以鐵籠罩之，有無數魚竟來唼食。

〔註17〕《冥祥記‧趙泰》，見魯迅輯錄《古小說鈎沈》第 279 頁，齊魯書社，1997
年。

〔註18〕《冥祥記‧趙泰》，見魯迅輯錄《古小說鈎沈》第 280 頁，齊魯書社，1997
年。

〔註19〕《冥祥記‧沙門慧達》，見魯迅輯錄《古小說鈎沈》第 302 頁，齊魯書社，1997
年。

良久，鬼遂到回，魚亦不見。〔註20〕

牛僧儒的《玄怪錄》中的〈崔環〉也很有特色。崔環死入地獄，因其父
即是判官，所以被輕杖放回，歸途中，誤入「人礦院」：

> 過屏障，見一大石，周迴數里。有一將軍坐於石北廳上，據
> 案而坐。鋪人各繞石。及石，上有數十大鬼，形貌不同，以大鐵
> 椎椎人爲礦石。束有杻械枷鎖者數千人，悲啼恐懼，不可名狀。
> 點名拽來，投來石上，遂椎之，既碎，唱其名。軍將判之，一吏
> 於案後讀之云：「付某獄記。」鬼亦捧去。其中有付磑獄者，付火
> 獄者，付湯獄者。〔註21〕

崔環由於近前觀看被拽去以大鐵錘錘之，須臾，「骨肉皆碎，僅欲成泥」。等
到送崔環還陽的兩個鬼卒趕來時已經爲時晚矣，只好請濮陽霞來助。濮陽翁
來到後，「遂解衣纏腰，取懷中藥末摻於礦上團撲，一翻一摻，扁搓其礦爲頭
頸即身手足，剜刻五臟，通爲腸胃，雕爲九竅，逡巡成形。以手承其項背曰：
『起！』遂起來與立合爲一，遂能行」。在這篇小說中，不僅有「人礦院」令
人毛骨悚然的刑罰，更奇妙的是濮陽霞碎屍復原、起死回生的「神乎其技」。

隋唐以降的「地獄巡遊」小說，還有很多作品中的地獄已經不再是一味
的陰森恐怖，增添了更多的世俗人間的氣息。有代表性的如《續玄怪錄》中
的〈崔紹〉，地獄被描寫成如同人間繁華的都市：

> 街衢人物頗眾，車輿合雜，朱紫繽紛，亦有乘馬者，亦有乘驢
> 者，一似人間模樣。此門無神看守。更一門，盡是高樓，不記間數，
> 竹簾翠幕，眩惑人目。樓上盡是婦人，更無丈夫，衣服鮮明，裝飾
> 新異，窮極奢麗，非人寰所覩。〔註22〕

這裏我們可以看到佛教地獄觀念已被中國化的痕迹，重視現世、好生惡死的
中國人堅信「地下大抵如人世」，將佛教中的令人恐怖和厭惡的地獄也改造成
了賞心悅目甚至充滿世俗誘惑的人間都市。

地獄既然已如人間市井，那就應該少不了歌舞娛樂的場所。康駢《劇談
錄》中〈王鮪〉就有這樣的描寫。王鮪少時曾移二枯首出糞壤之中，另擇淨

〔註20〕 李時人主編：《全唐五代小說》，第106~107頁，陝西人民出版社，1998年。
〔註21〕 《唐五代筆記小說大觀》，第364頁，上海古籍出版社，2000年。
〔註22〕 〔宋〕李昉等編：《太平廣記》卷三百八十五，第3068~3073頁，中華書局，
1961年。

處瘞之，行善受報得到與神靈精神交通的能力。節度使崔玕雅知於鮪，一夕，留飲家釀，酒酣稍歡，召歌妓助興，不料歌妓暴卒。王鮪設法使其復活，復活後的歌妓自述其被招入冥的經歷：

> 其夕，治妝既畢，有人促召。出門，乘馬而行。約數里，見室宇華麗，開筵張樂，四座皆朱紫少年。見歌者至，大喜。致於妓席，歡笑方洽……〔註23〕

在這裏，地獄已經不陰森可怕，其間有華麗的室宇，有歌舞宴樂，已經可愛得令人有些嚮往了。

小說中地獄的情形如此，入冥、出冥的設計也頗見出作者們的巧思。有的小說把陽世通往陰間地獄的入口描寫為大坑或一個洞口。《法苑珠林》〈程普樂〉寫程普樂暴死五日後，心暖不臭，家人不敢埋；至第六日，平旦得蘇，還如平生。普樂自述其入冥經過云：

> 初死時，有二青衣至床前通：「王喚君普樂。」問：「何王？」答曰：「閻羅王。」「喚為何事？」答曰：「頃有勘問，催急即行，不須更語。」一人撮普樂，逐出坊南門，漸向南山下。至一荒草處，有少鹼鹵不生草一大孔，如大甕口。語樂云：「入。」樂懼，不肯入。一人推入，不覺有損，直見王大殿，捉杖人極眾……〔註24〕

而張鷟《朝野僉載》〈杜鵬舉〉也有類似的描寫。杜鵬舉一夕暴卒，三日後復生，數日後方語，云：

> 初見二人，持符來召，遂相引出徽安門。門隙容寸，過之尚寬，直北上邙山，可十餘里，有大坑，視不見底。使人令入，鵬舉大懼，使者曰：「可閉目。」執手如飛，須臾足已履地。……〔註25〕

「洞」在中國古代文化中是一個極富象徵意義的詞語。美國學者 W.愛伯哈德所著《中國文化象徵詞典》中是這樣解釋中國文化中的「洞」：

> 中國人認為洞是超自然精靈的寓所。正如西亞傳說中講的那樣，洞也是進入另一個世界——更美麗世界的入口。因此，新郎與新娘第一次同居的地方，就稱作「洞房」。〔註26〕

〔註23〕〔宋〕李昉等編：《太平廣記》卷三百八十五，第 2787～2788 頁，中華書局，1961 年。

〔註24〕李時人主編：《全唐五代小說》，第 117 頁，陝西人民出版社，1998 年。

〔註25〕《唐五代筆記小說大觀》，第 76 頁，上海古籍出版社，2000 年。

〔註26〕〔美〕W. 愛伯哈德：《中國文化象徵詞典》，陳建憲譯，第 51 頁，湖南文藝出版社，1990 年。

　　在中國文化中，「洞」是溝通另一個世界的通道入口，它通往的世界不僅是美好的仙境，也可能是陰森恐怖的幽冥地獄。道教把神仙居住的地方叫做「洞天福地」。在中國小說中有很多故事是講有人誤入洞中而進入神仙福地和世外桃源的。比如陶淵明《桃花源記》、劉義慶《幽明錄》中〈劉晨、阮肇〉、〈洛下大穴〉、〈嵩高山大穴〉、唐谷神子《博異志》〈梯仙國〉等都是。雖然經由「洞」或「井」出入冥府地獄的小說不如通往神仙福地的多，但是在中古以後小說中還是屢屢出現。比如清代蒲松齡《聊齋誌異》中〈豐都御使〉篇，故事起筆就寫道：「豐都縣外有洞，深不可測，相傳閻羅天子署」。同時代袁枚《子不語》〈劉刺史奇夢〉寫劉刺史夢中捉到一鬼，觀音菩薩令其將鬼押送至地獄，他和鬼就是通過一個井進入地獄的：

　　　　……窪然一井，鬼見大喜，躍而入。劉隨之，冷不可耐。每墜
　　丈許，必爲井所夾；有溫氣自上而下，則又墜矣。三墜後，豁然有
　　聲，乃落於瓦上。張目視之，別有天地，白日麗空，所墜之瓦上，
　　即王者之殿角。〔註27〕

這一段描寫十分形象，「三墜三夾」的細節也格外有趣。

　　連接幽明兩界的通道，除「洞」之外，還有「河」，也就是眾所周知的「奈河」。《冥祥記》中大多數入冥故事，對出冥這一環節交代得都很簡略，描述詳細的有幾篇提到出冥需要渡過一條河。「支法衡」條中，支法衡是墜入河水中還陽的；「陳安居」條中，陳安居出冥途中遇水，投符入水才得以還陽。這是漢代以來「冥河」觀念在小說中的表現。「冥河」觀念與先秦的「黃泉」說應有關係，此後的道教經典中常以泉曲、十二河源爲地獄所在，也與此有關。在後世，這條冥河就演變成「奈河」——分割陰陽兩界的界河。唐張讀《宣室志》卷四〈董觀〉條中講僧靈習死後勾董觀去地府，「行十餘里，至一水，廣不數尺，流而西南。觀問習，習曰：『此俗所謂奈河。其源出於地府。』觀視其流水，皆血而腥穢不可近。又見岸上有冠帶袴襦凡數百，習曰：『此逝者之衣。由此趨冥道耳。』」〔註28〕同書卷七〈許文度〉也有對冥河的描述：「又行十餘里，至一水，盡目無際，波濤黑色，杳莫窮

〔註27〕袁枚：《子不語》卷二，第30頁，上海古籍出版社，1998年。
〔註28〕張讀：《宣室志》卷四，見《唐代筆記小說大觀》（下）第1018頁，上海古籍
　　　出版社，2000年。

其深淺。〔註29〕」奈河的故事流傳久遠，此後，宋《夷堅志》、清《子不語》、《聊齋誌異》等小說中都有不少入冥故事中專門寫到「奈河」。

二、奇幻的敘事時間

「時間是小說的主要組成部分，我認為時間同故事和人物具有同等重要的價值。凡是我所想到的真正懂得，或者本能地懂得小說技巧的作家，很少有人不對時間因素加以戲劇性地利用的。」〔註30〕英國學者伊麗莎白的這段話，充分說明了時間因素在小說藝術上的重要性。「地獄小說」使中古的小說家有了新的藝術領域可以馳騁。同時這個與現實世界相對立的他界，在時間上也與現世發生了斷裂。將陽世與陰間的時間進行對比，可以更加凸現地獄度日如年困苦情形，從而更好的實現醒世駭俗、勸善懲惡的寫作意圖。另外，陽世與陰間在時間上的差異，還可以使小說更具有神奇感和新鮮感，給讀者更奇異的閱讀感受。

敘事時間的幻化與神仙思想和佛教觀念有密切關係。宗教思想的他界觀念，使得小說藝術有了不受現世世界限制的想像空間，在對這另外的世界的想像中既寄託了世人對美好生活、公平正義理想的追求，也提供了一個現實世界的反光鏡，對現實社會中的醜惡事物進行揭露和諷刺。

在魏晉隋唐的小說中，古人幻想出「洞中方一日，世上已千年」的神仙世界。任昉的《述異記》中〈爛柯〉就是這樣奇幻的故事：

> 信安郡（按：當作「縣」，今浙江衢縣）石室山，晉時王質伐木至，見童子數人棋而歌，質因聽之。童子以一物與質，如棗核，質含之，不覺饑。俄頃，童子謂曰：「何不速去？」質起視，斧柯盡爛。既歸，無復世人。〔註31〕

《幽明錄》中〈劉晨、阮肇〉也是一個相類似的故事。這個仙話故事講述劉晨阮肇於漢明帝永平五年入天台山取穀皮，迷路不得歸；取水時，見盛有胡麻飯的杯子順流而下，入水逆流而上二三里，得遇兩位仙女，於是與之婚配，

〔註29〕張讀：《宣室志》卷七，見《唐代筆記小說大觀》（下）第 1045 頁，上海古籍出版社，2000 年。

〔註30〕〔英〕伊麗莎白・鮑溫：《小說家的技巧》，中譯本見《世界文學》1979 年第1 期。

〔註31〕《四庫全書》子部，雜家類，雜纂之屬，《類說》卷八，《述異記》。

過著無憂無慮的生活；劉阮在這四季如春、花香鳥語的仙境生活了半年，由於思鄉情切，被天台仙女送回，回到家鄉才發現：

> 親舊零落，邑屋改異，無復相識。問訊得七世孫，傳聞上世入山，迷不得歸。至晉太元八年，忽復去，不知何所。〔註32〕

仙境與凡間生命時間相差懸殊，陽世與陰間的時間也不一樣。錢鍾書先生在《管錐編》中就這個問題曾旁徵博引作過十分精彩的論述：

> 《郭翰》（出《靈怪集》）織女曰：「人中五日，彼一夕也。」按「彼」指天上。卷六《東方朔》（出《洞冥記》）：「朝發中返，何云經年乎？」謂人世經年，仙家纔半日；同言天仙日月視塵凡為長，為長量兩說差殊。卷一一五《張法義》（出《法苑珠林》）師曰：「七日，七年也」；卷三四三《李和子》（出《酉陽雜俎》）：「鬼言三年，人間三日也」；卷三八三《琅琊人》（出《幽明錄》）：「此間三年，是世中三十年」；則或言冥間日月長於人世，或言短於人世，尚未眾論僉同。釋說如《長阿含經》之七《弊宿經》：「此間百歲，正當忉利天上一日一夜耳」；《大般涅槃經‧如來性品》第四之六：「如人見月，六月一蝕，而上諸天須臾之間頻見月蝕，何以故？彼天日長，人間短故」；釋貫休《再遊東林寺》第一首：「莫疑遠去無消息，七萬餘年始半年」，自注：「人間四千年，兜率天一晝夜」（參觀《法苑珠林》卷五《三界篇》第二之二《壽量》）。言天上人間，與織女、東方朔之旨無異，而計量各別。安世高譯《十八泥犁經》謂地獄有以「人間三千七百五十歲為一日」、以「人間萬五千歲為一日」者不等，「大苦熱之獄」至以「人間一月為一日」；《翻譯名義集‧鬼神篇》引《世品》謂「鬼以人間一月為一日」。又只言地下時光亦如天上時光之長於人世間，即《張法義》、《琅琊人》之旨，而未如《李和子》言人世時光之長於地下，正猶天上時光之長於人世。荒唐巵言，稍析以理，當從《李和子》。蓋人間日月與天堂日月則相形見多，而與地獄日月復相形見少，良以人間樂不如天堂而地獄苦又逾人間也。常語稱歡樂曰「快樂」，已直探心源；「快」，速也；速，為時短促也，人歡樂則覺時光短而逾邁速，即「活」得「快」，如《北齊書‧恩倖傳》

〔註32〕《幽明錄‧劉晨阮肇》，見魯迅輯錄《古小說鉤沈》，第 150 頁，齊魯書社，1997 年。

> 和士開所謂「即是一日快活敵千年」，亦如哲學家所謂「歡樂感即是
> 無時間感」（Lust fühlen heisst die Zeit nicht fühlen）。樂而時光見短易
> 度，故天堂一夕、半日、一晝夜足抵人世五日、半載、乃至百歲、
> 四千年；苦而時光見長難過，故地獄一年只折人世一日。……〔註33〕

錢鍾書認為這種時間的幻化與人對時間的感受有關。因為地獄的痛苦刑罰，
人在其中度日如年，因而自然會覺得時間漫長；仙境、天堂快樂無比，所以
令人感覺光陰似箭。基於佛道二教對三界時間差異的觀念，加上人類對於生
活與生命的感覺，時間幻化成為虛構敘事文學中引人注目的一種時間意識。

「地獄小說」的敘事時間的幻化，不僅體現在陰間與陽世時間的差異，
而且還體現在打破時空限制，挪移古今，使不同時代的人物共處於一篇小說
之中。這種敘事時間的幻化，大膽創造，發揮出色的想像力，改造和變換古
已有之的歷史人物形象。在這些被變換的歷史人物中有著名的帝王、官僚，
也有才華橫溢的文人。這些歷史人物有在地獄中有因犯戒作惡而狼狽受罰
的，也有因為剛正不阿而被封為閻羅、城隍、冥官的。

唐初唐臨《冥報記》〈趙文信〉中趙文信不修佛經，平生唯好庾信文章，
唐貞元元年暴死後，閻羅王告訴他庾信是大罪人，正在地獄受苦。於是閻羅
王令人引出庾信，庾信由於「生時好作文章，妄引佛經，雜糅俗書，誹謗佛
法，謂言不及孔老之教」〔註34〕，所以受報為一個一身多頭的老龜。釋道世
《法苑珠林》〈趙文昌〉是講隋開皇十一年，大府寺丞趙文昌暴卒，因持誦《金
剛經》有功德而被放還陽。還陽途中，「見周武帝在門側房內，著三重鉗鑠，
喚昌云：『汝是我本國人，暫來至此，要與汝語。』文昌即拜之。帝曰：『汝
識我否？』文昌答云：『臣昔宿衛陛下。』武帝云：『卿是我舊臣。今還家，
為吾向隋皇帝說，吾諸罪並欲辯了，唯滅佛法罪重，未可得免。望與吾營少
功德，冀茲福祐，得離地獄。』」〔註35〕戴孚《廣異記》〈河南府史〉中河南
府史王某因好飲酒，唐天寶初被追入冥。但因雖好飲酒並無狂亂，亦不辜負
他人，算又未盡，所以被放還陽。還陽前被引入地獄，示以罪報。初至糞池
地獄，從廣數頃，悉是人糞。「忽見一人頭，從空中落，墮池側，流血滂沱」。
鬼卒言此是秦將白起頭。白起因詐坑長平卒四十萬眾，罪惡深重，所以「天

〔註33〕錢鍾書：《管錐編》第二冊，第 670～671 頁，中華書局，1978 年。
〔註34〕《全唐五代小說》，第 84 頁，陝西人民出版社，1998 年。
〔註35〕〔宋〕李昉：《太平廣記》卷第一百二，第 685 頁，中華書局，1961 年。

帝罰之。每三十年斬其頭，迨一劫方已。」〔註36〕

　　因誹謗佛法而受報為龜身的南北朝詩人庾信於唐貞元年間的入冥趙文信相見；因滅佛而身被三重枷鎖於地獄受苦的周武帝與隋文帝時的趙文昌相會於地獄；而唐天寶被追入冥的河南府史王某親眼見到秦將白起因坑殺四十萬眾每三十年被斷頭一次，頭墮於糞池地獄，流血滂沱。小說跨越數十年乃至數百年歷史時空，讓不同歷史時代的人物齊會於地獄中，這顯示了作者豐富的想像力和創造力，也折射出唐世文人作意好奇的時風。元人虞集《寫韻軒記》說：「蓋唐人之才，於經藝道學有見者少，徒知好為文辭，閒暇無所用心，輒想像祐怪遇合，才情恍惚之事，作為詩章答問之意，附會以為說。」〔註37〕

　　小說中地獄裏有歷史人物受罰，也有歷史人物被選為冥官、城隍。《廣異記》〈霍有鄰〉中霍有鄰因被妄訴殺羊而入冥又復活，見到其亡舅狄仁傑於地獄中為御使大夫。《紀聞》〈宣州司戶〉言宣州司戶卒後被引見城隍神。「司戶自陳無罪，妄見錄。府君曰：『然，當令君去。君頗識我否？司戶曰：鄙人淺陋，實未識。』府君曰：『吾即晉宣城內史桓彝也，是為神管郡耳。』」〔註38〕桓彝是晉代人，曾任宣城內史，有政績，到了唐代被奉為宣城的城隍神（府君）。

　　在隋唐時期，民間信仰閻王往往是認為由隋朝大將韓擒虎擔任。《酉陽雜俎‧前集》卷二：「至忠至孝之人，命終皆為地下主者。」〔註39〕《北夢瑣言》卷七：「世傳云，人之正直，死為冥官。」〔註40〕但是在唐代由現實中的人當閻羅王的還是為數甚少，所以在小說中很少有表現。到了宋代以後，民間相傳為閻羅王者非常之多。著名的有寇準、韓琦、范仲淹、包拯等真實的歷史人物，不知名者更是不計其數，這些中國的閻羅王也屢屢在小說、戲曲中得到豐富的表現。

　　地獄小說中讓前代的人物出現在地獄，是為了讓入冥的人們親眼目睹無論什麼地位身份的人，犯有罪過都將接受懲罰；積德行善都會得到善報。這樣就更能達到勸善懲惡的寫作目的。同時跨越時空的異代人物的奇異相逢使

〔註36〕〔宋〕李昉：《太平廣記》卷第三百八十二，第3047頁，中華書局，1961年。
〔註37〕《道園學古錄》卷三十八。
〔註38〕〔宋〕李昉：《太平廣記》卷第三百三，第2400頁，中華書局，1961年。
〔註39〕〔唐〕段成式：《酉陽雜俎‧前集》卷二，《唐五代筆記小說大觀》，第567頁，上海古籍出版社，2000年。
〔註40〕〔五代〕孫光憲：《北夢瑣言》卷七，《唐五代筆記小說大觀》，第1864頁，上海古籍出版社，2000年。

小說平添了神奇的色彩，這也大大滿足了唐人嗜奇尚怪的欣賞心理。

　　總之，「地獄文學」對中國敘事文學發展的貢獻。「地獄巡遊」故事使中國文學突破了只表現現世的局限，拓寬了小說的想像空間。佛教的時空觀念與中土不同，論空間有三界六道、三千大千世界；論時間則過去、現在、未來，由於因果循環，過去、現在、未來又互相打通。我們在《冥祥記》等書的「地獄巡遊」故事中，看到了前所未有的地獄景象和宿世因緣，這都是中國文學史上的新事物。三世因果、六道輪迴的觀念又爲中國敘事文學情節結構開啓了新局面，成爲後世小說、戲曲的重要結構模式。爲文學史上增添了泰山府君、閻羅王、地獄鬼卒等新形象，雖然在早期的小說中這些形象還不生動，但是在後世的發展中逐漸豐滿。關於閻羅王在中國隋唐小說中的表現我們將在下面的章節詳細論述。

第七章　佛教地獄觀念與《冥祥記》中的「地獄巡遊」故事

　　一般認為中國人的宗教信仰世俗化傾向嚴重，但是六朝時期卻是中國歷史上宗教信仰最強烈、最虔誠的時代。虔誠的信仰催生了大量的「釋氏輔教之書」，這些「釋氏輔教之書」是南北朝志怪小說的一種，其中保存了大量的流傳在民間的有關佛教靈驗、因果報應的傳聞故事。

　　這些故事的民間性正好為研究六朝時期的民眾信仰提供了極好的材料。佛教的信仰和理論觀念傳入中國後，並沒有被全盤接受，而是不斷吸收中國文化的成分，與中土傳統信仰結合才被中國的一般民眾普遍接受。一般民眾的信仰與正統教團及知識精英的信仰是不一樣的。而現存的歷史文獻大多是知識分子記載的，他們對沒有文化的「愚夫愚婦」的信仰世界或是漠不關心或是以為粗鄙愚陋而加以摒棄，所以在歷代的歷史文獻中保存下來的有關記載就少得可憐。但是因為宗教信仰基本是非理性的，宣揚它特別要訴諸人的形象思維的層面，接受它也容易體現為想像和激情，這就與文學、藝術具有相通性、一致性了。所以各種佛教藝術如雕塑、壁畫、變文和歷代文人筆記小說和民間傳說就保存了許多對研究南北朝時期民間信仰十分有價值的內容。下面，我們就南朝王琰的《冥祥記》作為個案來進行詳細分析。

第一節　佛教地獄觀念與「地獄巡遊」故事

　　南朝齊王琰的《冥祥記》〔註41〕就是眾多的「釋氏輔教之書」的代表作。

〔註41〕本章所據版本為魯迅所輯《古小說鈎沈》，齊魯書社，1997 年。

王琰生活在南朝宋梁之間，齊時，嘗爲太子舍人，入梁爲吳興令。幼年在交趾時就皈依了佛教，《冥祥記自序》中寫道他幼時於賢法師處得一軀觀音金像，後此像常顯神異。幼年時見金像放光，後遺失金像，金像託夢示其所在。由此王琰「循復其事，有感深懷；沿此徵覿，綴成斯記」。作爲虔誠的佛教徒，王琰編撰《冥祥記》的目的是爲了傳佈觀世音菩薩之靈驗及輪迴地獄、轉生等故事，宣揚因果報應和輪迴轉世等佛教觀念。《冥祥記》》十卷，已佚，魯迅《古小說鉤沈》輯錄一百三十一則以及自序一篇。

　　《冥祥記》全書除自序外，現存 131 條，而其中「地獄巡遊」故事就佔了 21 條，分別是：趙泰、支法衡、史世光、張應、孫稚、李清、唐遵、程道惠、惠達、石長河、陳安居、僧規、李旦、阮稚宗、王胡、曇典、蔣小德、道志、智達、袁廓、王氏等，約占總條數的六分之一，而且篇幅大都很長。可見佛教「天堂地獄」觀念在六朝時期影響，已經深植人心。這些「地獄巡遊」故事是集中反映佛教核心信仰——「三世因果」、「六道輪迴」觀念的新的故事類型。在此之前，中國小說中也有所謂的「入冥故事」，如曹丕的《列異記》、干寶的《搜神記》等志怪小說中都有一些，但是這期間的「入冥」故事，大都是沿襲東漢以來盛行的「泰山治鬼」的觀念，泰山是所有鬼魂的歸宿，無論善惡功罪，人死後都將去到那裏。在這些小說中，沒有善惡審判，沒有地獄刑罰，還看不到佛教地獄觀念影響的痕迹。宋劉義慶的《幽明錄》、《宣驗記》、隋顏之推的《冤魂志》等受佛教影響較顯著的小說集中，也有一些反映佛教地獄觀念的「地獄巡遊」故事，但是最集中地收錄「地獄巡遊」故事的還是王琰的這部《冥祥記》。

　　在《冥祥記》「地獄巡遊」故事中，我們可以瞭解在印度佛教「地獄觀」的影響下，我國民間信仰中的「冥界思想」發生了哪些變化，同時中國的傳統觀念又對佛教的「地獄觀」作了哪些改造，從中可以窺見佛教地獄觀念逐步「中國化」的軌迹。

　　《冥祥記》等六朝志怪小說中的「地獄巡遊」故事，有著基本相同的故事框架〔註1〕：暫死入冥（無論暫死或假死）——地獄審判——巡遊地獄——復活還魂——說明故事的傳說緣由。這些故事情節大致雷同，正反映了民間文學的重要特點。在民間文學中，母題複製是常見的現象。

〔註1〕 此處據孫昌武師在《地獄巡遊與目連救母》一文中總結的故事框架，見《文壇佛影》第 103 頁，中華書局，2001 年。

　　暫死入冥——這個構思本是中土傳統中所固有的。中國古來就有關於冥界的說法，而且現實生活中也確實存在「死而復生」的現象。那是因爲古人對死亡現象沒有科學瞭解，對暫時休克又復蘇的現象感到異乎尋常。《漢書・五行志下之上》、《後漢書・五行志》、《宋書・五行志五》中記載了漢平帝元始元年朔方廣牧女子、漢獻帝初年桓氏；建安四年二月，武陵縣女子李娥；魏明帝太初三年，曹休部曲兵奚奴女；吳孫休永安四年，安吳民陳焦等死而復生的事情。這種「至陰爲陽，下人爲上」的罕見事件，在正史中被認爲是王朝末日的徵兆而記之於正史。

　　在佛教地獄觀念還沒有流行之前，中土就已有人死後入泰山冥府的說法。在《搜神記》、《列異記》等魏晉早期的志怪小說集裏的「入冥」故事中還幾乎沒有佛教地獄觀念的痕迹，大多是戰國以降尤其是漢代以來流行的「泰山治鬼」觀念的反映。《大正藏》第十七冊所收《弟子死復生經》（一卷）中敘述了優婆塞見諦暫死入冥，魂遊地獄的故事〔註2〕。此經題爲宋居士沮渠京聲所譯，但據呂澂先生《新編漢文大藏經目錄》，則此經爲中土人僞造〔註3〕。可見「暫死入冥」這一構思確爲中土所固有，而印度佛教故事中卻很少見這樣的故事。即使佛經中有少量的此類故事，也很有可能是疑僞經的撰造者受中國冥界思想影響的結果。這是因爲在印度佛教思想中，佛、菩薩是不受時間空間限制的永恒存在，可以遍遊三界六道。佛可以直接向其弟子講述地獄天堂的景象，而不必借助「暫死入冥」的人來現身說法。

　　在《冥祥記》中入冥的人有僧有俗也有天師道祭酒，但並非都是罪人。他們是由於不同原因而獲得遊歷地獄的機會：或是受罰入冥、或是錯勾入冥、或是被召爲冥吏。

　　「受罰入冥」：慧遠在其《三報論》中說：「經說業有三報：一曰現報，二曰生報，三曰後報。現報者善惡始於此身，即此身受。生報者來生便受，後報者或經二生、三生、百生、千生然後乃受。」〔註4〕在《冥祥記》的「地獄巡遊」故事主要是「現報」的描寫。「支法衡」、「李清」、「程道慧」、「慧達」、

─────────────────

〔註2〕　此故事還被收入梁僧旻、寶唱編撰的《經律異相》卷三十七「優婆塞部」，第204頁，上海古籍出版社1988年。

〔註3〕　呂澂：《新編漢文大藏經目錄》，《呂澂佛學論著選集》第三冊，第1792頁，齊魯書社，1991年。

〔註4〕　〔東晉〕慧遠：《三報論》，見《弘明集》卷五，第34～35頁，上海古籍出版社，1991年。

「陳安居」、「僧規」、「阮稚宗」、「曇典」、「道志」、「智達」等，都是「現報」即「現世報」。《冥祥記》所寫的「現世報」是指某人所爲善惡之行，在其去世之前報應。報應仍然是在今生實施，但是實施的地點則改在地獄。其人短暫入冥接受地獄刑罰以後，仍然復出還陽，此生並沒有結束。

「錯勾入冥」：這一情節設計不僅是中國傳統的「死而復生」故事模式在「地獄故事」中的遺存，而且也是出於情節的需要。因爲只有被錯勾或者雖然有罪受罰但是陽壽未盡的人，才有機會還陽現身說法來講述其在地獄的見聞，這樣才起到更好的宣傳效果，使人們更加相信地獄實有、報應不爽。在這些小說裏，描寫冥界官吏錯勾，並沒有諷刺意義。雖然在六朝小說中，已有少數小說描寫陰間鬼吏收受賄賂、貪污腐敗的現象，但是在《冥祥記》、《宣驗記》等「釋氏輔教之書」中，的確沒有表現地獄官吏貪污腐敗的文字，反而都把其描寫爲認眞負責（及時糾正錯勾的失誤）、執法如山者。所以這些小說中的「地獄審判」反映了六朝時期普通民眾對佛教虔誠的信仰，寄託了他們對執法者的理想和公平正義的信心。因爲他們虔信佛教因果報應，堅信凡是有罪的人即使逃過人間的法網，也躲不開地獄的懲罰。

「被召爲冥吏」：如「袁廓」條。這是中國傳統思想的表現。《搜神記》卷十六「疫鬼」條中記載顓頊氏有三子，死而爲疫鬼：「一居江水，爲瘧鬼；一居若水，爲魍魎鬼；一居人宮室，善驚人小兒，爲小鬼。」〔註5〕《列異記》「蔣濟亡兒」中也有孫阿死後爲泰山令的說法〔註6〕。可見以人鬼爲冥界官吏的說法，在中國古已有之。《經律異相》卷四十九引《問地獄經》、《淨度三昧經》中也提到閻羅王原是毗沙國王，因與維陀始王作戰失敗後，與臣佐十八人忿懟立誓，死後出生地獄，爲閻羅王及十八小王〔註7〕。但是《問地獄經》、《淨度三昧經》一般也被認爲是中土人士的僞作，此又可證明佛教界這樣的說法也是在中國傳統觀念的影響下形成的。這種觀念一直影響到後世。後世民間形成正直之人更替爲地下主的信仰。隋唐以降，迄至明清，民間相傳爲閻羅王者非常之多，著名的有韓擒虎、寇準、韓琦、范仲淹、包拯、周慶仲、

〔註5〕 〔晉〕干寶撰、汪紹楹校注《搜神記》卷十六，第 189 頁，中華書局，1979年。

〔註6〕 〔魏〕曹丕等撰、鄭學弢校注《列異記等五種》，第 10 頁，文化藝術出版社，1988 年。

〔註7〕 〔梁〕僧旻、寶唱編撰《經律異相》卷五十「地獄部（上）」，第 262 頁，上海古籍出版社，1988 年。

林衡等等。

地獄審判──設想冥間有與人世相類似的統治機構，這也是中土人固有的幻想，「地下屬泰山」，冥界的主宰是「泰山府君」。從《冥祥記》等六朝小說中，我們還可以瞭解到泰山冥府像人間的官府一樣，除「府君」外，還有「主簿」、「錄事」、「復校將軍」等輔佐。由於「泰山冥府」的觀念流傳比較廣泛，六朝的小說中，多以「太山」代稱「地獄」，以「太山府君」代稱「閻羅王」。直接將地獄的主宰稱爲「閻羅王」的〔註8〕在六朝的志怪小說中還是極少數。由此可見中國傳統觀念的根深蒂固。

但是確信三世因果，六道輪迴，生前作業，身後受報，則是佛教觀念。在佛教尚未傳入中土以前，人們普遍信仰人死後都要魂歸泰山冥府，不分善惡。佛教傳入之後，爲信仰佛教、精進修持的善男信女安排了天堂、淨土，而爲那些誹謗佛法、不信因果、犯戒作惡的人則準備了三惡道──「地獄道」、「餓鬼道」、「畜生道」。這是中國「冥界觀」的重大改變。下地獄變成了對壞人的懲罰，所以「地獄審判」就成爲「地獄巡遊」重要的一環。

審判確定是否有罪的標準是依據佛教的戒律即持五戒：不殺生、不偷盜、不邪淫、不妄語、不飲酒；十善：即不殺生、不偷盜、不邪淫、不妄語、不兩舌、不惡口、不綺語、不貪、不嗔、不癡。按照佛教倫理，人的行爲分爲善、惡和無記三類，爲善者受福報，得生善道，而爲惡者卻必定會因其所作的惡業的不同而得到不同的懲罰。「趙泰」條中，趙泰雖不作惡但是爲善不多，還是被罰去將人運沙，晝夜勤苦。這就是「三業」中「無記」一業。佛教倡導「諸惡莫作，眾善奉行」。對那些既不行善，也不作惡的人即行「無記」業的人，看來也並不縱容。因爲一旦肯定了這些人，就會削弱佛教勸善的動力，對於人們在宗教價值標準下去區分善惡是非的界限也會產生一些消極的作用。

在《冥祥記》等「釋氏輔教之書」中「地獄巡遊」故事的「地獄審判」這一環，充分反映了佛教的道德倫理觀念。一般說來，死者前世爲沙門佛子，或是生前皈依三寶、念經禮佛、戒殺茹素等等死後都會受到福報。比如「程道慧」條，程道慧先身奉佛，雖經五生五世，仍然可以在地獄審判時獲善報，不但免於處罰而且還暫兼復校將軍，歷觀地獄。遍歷地獄之後，被遣送還陽。

〔註8〕　如《洛陽伽藍記》卷二「崇眞寺比丘惠凝」條、《幽明錄》「李通」條以及《宣驗記》「程道慧」條等。

「蔣小德」條中，蔣小德因「精勤小心，虔奉大法」而得受天中快樂欣然。又如此條和「石長河」條中，還提及在入冥途中，有罪之人只能走棘刺森然的道路，以致身體傷裂；而佛弟子則可以行在平路。生前不信因果、殺生、盜劫、淫佚、兩舌、捍債等等惡行都將遭受懲罰。如「阮稚宗」條，稚宗「因好漁獵，被皮剝臠截，俱如治諸牲獸之法；復納於深水，鉤口出之，剖破解切，若爲膾狀。又鑊煮爐炙，初悉糜爛，隨以還復，痛惱苦毒，至三乃止」。殺生是佛教五戒之首，所以在地獄中對殺生的懲罰最爲嚴酷。「道志」條中，沙門道志也因盜竊而「生受楚拷，死縈刀鑊」。

「地獄巡遊」——地獄的描寫則基本根據佛典的記述加以敷衍的，《冥祥記》「慧達」、「陳安居」就寫慧達、陳安居入冥所見的地獄：「楚毒科法，略與經說相符。」「安居遍至各地獄，備觀眾苦，略與經文相符。」這裏的「經文」是指佛教有關地獄的經典。《冥祥記》等六朝小說對地獄情景的想像，主要來源於佛典的描述。但是魏晉六朝時翻譯的大量的佛經中對地獄的所在、種類、數量、名目以及地獄王者的記載差異很大。較爲流行的是八熱地獄、十寒地獄說。對此各種經典的說法也紛紜複雜，《長阿含經》中的介紹較爲細緻：地獄中的罪人或是手生鐵爪，執刀劍，互相殘殺；或被用刀鋸等斫作千百段；或被大山、大鐵象、石磨、鐵臼等堆壓、磨折；或被大鐵鑊、鐵甕燒煮；或被置於燒得赤紅的鐵城、鐵室、鐵樓、大鐵陶、大鏊中燒炙；在最可怕的無間地獄（或音譯爲「阿鼻」、「阿鼻旨」、「阿毗至」等）中，則是將罪人從足至頂剝皮，然後在熱鐵地上被火車輪碾壓，身體碎裂，皮肉墮落，而且由於此獄中的罪人罪孽深重，所以欲死不能，承受著無休無止的懲罰，等等〔註9〕。

上述佛教地獄刑罰殘酷、恐怖的景象在《冥祥記》中都能找到一些影子。「趙泰」條中趙泰遍觀地獄，備見地獄苦狀：罪人或被針貫其舌，流血竟體；或被大杖催促，裸形奔走；或被迫抱臥燒之洞然的銅床鐵柱，骨肉焦爛；或被炎爐巨鑊焚煮，身首碎墮，隨沸翻轉；或被迫登攀高廣劍樹，身首割截，尺寸離斷。「張應」條中，張應在地獄中「見有鑊湯刀劍楚毒之具」。「唐遵」條中，其從叔言其家親屬「並遭塗炭，長受楚毒，焦爛傷痛，無時暫休」。「程道慧」條中，寫到地獄中有「掣狗」、「群鳥」嚙啄罪人。「慧達」條中，沙門慧達入冥後見到「寒冰地獄」、「刀山地獄」，他也因爲殺生之罪被投入鑊湯燒

〔註9〕《大正藏》第 1 卷，《長阿含經》卷 18，第 121 頁 b～0126 頁 a。

煮。「阮稚宗」條中，稚宗由於生時好漁獵，被皮剝臠截、鈎口、剖破解切、鑊煮爐炙以及灌水贖罪。「道志」條中，道志「生受楚毒，死縈刀鑊」，「腥腐臭氣，苦痛難當」。「智達」條中，智達在地獄中聽到罪人號哭叫呼，「鬧聲沸火」，他自己也被置於火囷、鐵鑊中燒煮。「王氏」條中，王氏的新婦「正被苦謫，四體磣縛，如裝鵝鴨法，縣於路側」。

但是，《冥祥記》等小說中的地獄描寫並非都是來源於佛經，其中還雜糅了源自道教、民間傳說等中國傳統固有的冥界觀念，是印度佛教地獄觀念和中國傳統冥界思想的融合。以「趙泰」條為例，可以瞭解即使是《冥祥記》這樣的「釋氏輔教之書」中的「地獄巡遊」故事一般也仍然是揉和了佛教、道教和民間傳說而寫成的，所以從這些小說中，可以瞭解到當時佛教「地獄觀念」逐步「中國化」的真實情形。

在《冥祥記》大多數「地獄巡遊」故事中，主持審判者稱為府君，如「趙泰」、「孫稚」、「陳安居」、「李旦」等。從主持審判者的名號為「府君」也可以推斷所寫地獄即在「泰山」。這些都是中國固有的「泰山治鬼」觀念的表現。

趙泰死入泰山，府君審判結束後，「使為水監作史，將二千餘人，運沙裨岸。晝夜勤苦。後轉水官都督，總知諸獄事」。水官司掌謫役死魂之事的說法，出自道教。《太平經》卷一百十二就有「有過死謫作河梁誡」〔註10〕之說，是講有罪之囚，死後在地下世界作築河梁之苦役。另外，六朝時的道經《太真玉帝四極明科經》、《洞真太上說智慧消魔真經》、《上清瓊宮靈飛六甲籙》等也以冥界的河梁山海為死後罪魂苦役之處。而在佛教地獄觀念中，本來沒有罪人服役的說法。除「趙泰」之外，《冥祥記》中還有「支法衡」、「唐遵」等都提到在冥河中拖船、把沙之役。「曇典」條中還寫到曇典被驅使碾米，晝夜無休息。從「趙泰」條中還可看出，當時民間信仰中的地獄觀是綜合了佛道兩家的思想，道教的服役變成對較輕罪行的懲罰，與後文的「地獄」中的火樹劍山相比，已經是次要的地獄了。

「趙泰」條中還提到泰山府君「恒遣六部使者，常在人間，書記善惡，具有條狀」。這種冥界官吏監視並記錄生者的行為及其善惡的說法，是中國文化傳統中固有的。先秦就有「司命」一神。《白虎通・壽命》有：「司命舉過」之說。鄭玄在《禮記・祭法》對「司命」等的注解中說：「（司命）非大神所

〔註10〕王明：《太平經合校》第 573 頁，中華書局，1960 年。

祈報大事者也，小神居人之間，司察小過，作讉告者爾。」〔註11〕在後來的道教經典中繼承了這種思想，如《太平經》卷一百十《大功益年書出歲月戒》：「天遣神往記之，過無大小皆知之。簿疏善惡之籍，歲日月拘校，前後除算減年；其惡不止，便見鬼門。……上名命曹上對，算盡當入土。」〔註12〕《老子想爾注》亦云：「罪成結在天曹，右契無道而窮，不復在餘。」「天曹左契，算有餘數，精乃守之。」「人非道言惡，天則奪算」〔註13〕。《抱朴子・對俗》亦稱：「行惡事大者，司命奪紀，小過奪算，隨所犯輕重，故所奪有多少。」〔註14〕《幽明錄》中「晉元帝世有甲者」、「干慶」等條也都提到天算未盡人不當死。而《冥祥記》「僧規」、「蔣小德」等條中也有「算簿」和天算的說法。在漢魏文獻中，監視並記錄生者的行為及其善惡的小神是天帝的屬下，而在《冥祥記》「趙泰」中掌司此職的已經改為地獄主者所派遣，而地獄府君又禮敬世尊。由此，又可以看出佛教觀念的體現。

　　更為有趣的是，在《冥祥記》「僧規」條中寫了地獄中用特殊秤來稱量入冥人的善惡：「屋前有立木，長十餘丈，上有鐵梁，形如桔槹，左右有匱，貯土，土有品數，或有十斛形，亦如五升大者。……吏至長木下，提一匱土，懸鐵梁上稱之，如覺低昂。」這裏展現了民間傳說的奇妙想像，也反映了中土民眾性喜徵實的民族特點。

　　「復活還魂」——入冥者往往是因為陽壽未盡或今生前世作福得報或因錯勾被放回等原因得以出冥還陽。關於出冥這一環節，有一點值得注意，就是《冥祥記》中大多數入冥故事，對出冥這一環節交代得都很簡略，描述詳細的幾篇提到出冥需要渡過一條河。「支法衡」條中，支法衡是墮入河水中還陽的；「陳安居」條中，陳安居出冥途中遇水，投符入水才得以還陽。這是漢代以來「冥河」觀念在小說中的表現，「冥河」觀念與先秦的「黃泉」說應有關係，六朝的道教經典中常以泉曲、十二河源為地獄所在，也與此有關。在後世，這條冥河就演變成「奈河」——分割陰陽兩界的界河。

　　「說明故事的傳說緣由」——這最後一個環節，是志怪作品常用的方法，目的是取信於人，也是六朝志怪受史傳作品影響的痕迹。由此也可以看出，《冥

〔註11〕李學勤主編：《十三經注疏・禮記正義（下）》第1305頁，北京大學出版社，1999年。
〔註12〕王明：《太平經合校》第526頁，中華書局，1960年。
〔註13〕饒宗頤：《老子想爾注校證》，第31、27、34頁，上海古籍出版社，1991年。
〔註14〕王明：《抱朴子內篇校釋》，第53頁，中華書局，1985年。

祥記》等「釋氏輔教之書」的作者是本著虔誠的信仰，把這些「地獄巡遊」
故事當作真實的事件來記錄的。

第二節　「地獄巡遊」故事與佛教信仰的傳播

　　六朝時期湧現出包括「地獄巡遊」故事在內的大量佛教小說反映了當時
思想文化和宗教信仰的巨大變革。這種變革是由於社會經濟基礎和組織結構
的變化導致的。魏晉南北朝是中國歷史上為時最久的一段分裂混亂的時期。
在公元 220 年～589 年這長約四百年的時間裏，戰亂頻仍、社會動蕩，戰亂
導致人口銳減和經濟發展停滯，中原的淪陷和人口的大規模的遷徙改變了舊
的社會經濟基礎和組織結構，舊的經學體系和民間信仰也隨之瓦解。佛教在
這個時候乘虛而入，得到了空前的發展和壯大。佛教的流行還因為它迎合了
當時人們的心理需求。魏晉南北朝時人民生活苦不堪言，長期的戰爭使他們
的生命財產無法保障。即使是豪門士族也是朝不保夕，由於政局動蕩朝代更
叠頻繁，他們在政治上如履薄冰，稍有不慎就會招致滅頂之災。非正常的死
亡成了人們必須面對的事情，他們強烈的感到生命短暫和人世苦難。而「世
間最使人情志動搖不安之事，莫過於所親愛者之死和自己的死。而同時生死
之故，最渺茫難知。所以恰恰合於產生宗教的兩個條件：情志方面正需要宗
教，知識方面則方便於宗教的建立」〔註15〕。因此佛教在這時得到了廣泛的
傳播，道教也在這時逐漸成熟，正式確立。一般認為中國人的宗教世俗化傾
向嚴重，但是六朝時期卻是中國歷史上宗教信仰最強烈虔誠的時代。虔誠的
信仰催生了大量的「釋氏輔教之書」，這些「釋氏輔教之書」中保存了大量
的民間傳聞故事。

　　這些故事的民間性正好為研究六朝時期的民眾信仰提供了極好的材
料。因為中國在接受印度佛教之前就已經創造了發達的文化，而「先進文化
圈的文化，在向同樣高度發達的異質文化圈傳播時，遇到的抵抗、產生的摩
擦大多較為激烈，不易進行。即使被接受了，也會在很大程度上，被改造加
工」〔註16〕。上文我們已經就「地獄巡遊」故事情節的五部分分析了在印

〔註15〕費爾巴哈：《宗教本質講演錄》，轉引自梁漱溟《中國文化要義》第 103 頁，
　　　　學林出版社，1987 年。

〔註16〕沖本克己：《中國禪宗在日本》，見蔡毅編譯《中國傳統文化在日本》，第 65
　　　　頁，中華書局，2002 年。

度佛教「地獄觀」的影響下，我國民間信仰中的「冥界思想」發生了哪些變化，同時又對佛教的「地獄觀」作了哪些改造。

佛教「地獄巡遊」故事仍是放在傳統的「死而復生」故事的框架中敘述，但是傳統故事的外表下卻充斥著佛教因果報應的內容。這也從一個側面反映出佛教傳播過程中不斷和中國傳統文化相融合的某些迹象。本土冥界思想和佛教地獄之間有許多相通之處。佛教地獄觀念從傳入中國之日起，似乎就未受到過中國本土宗教思想和世俗意識的抵制，這是因為它與中國的有神論傳統並不矛盾。即使有摩擦，也不過是彼此間的借鑒與利用，實質上兩者之間並不存在不可調和的對立與矛盾。

《冥祥記》等「釋氏輔教之書」的編著者往往既是虔誠的佛教徒又是「讀書破萬卷」的博學之士。他們在博覽之餘，為了宣揚佛教，勸人皈依，便把古今的鬼神靈異的事情彙集在一起，加以編寫；但是也止於編著而已，並非個人構思創作所得。此亦即魯迅先生所謂：「集錄前人撰作，非自造也」〔註17〕。六朝小說集中或有篇目互見者，或有出乎後人增益而仍襲舊名者，然而他們絕大多數沒有存心作偽的意思。他們或者因為宗教的熱忱，或者只是修史的慣性思維，企圖把奇聞怪事彙集起來，一則炫耀自己的博學，一則也可以讓它傳之久遠。《冥祥記》等「釋氏輔教之書」的素材來源不僅是前代的書面文獻，而且還有當世的口頭傳說。魏晉以來的文人性喜清談，在這種展示自己的才智與文采的清談中，不僅有玄之又玄的哲理，也有稀奇古怪的民間故事。據史書記載，他們往往「夜常不臥，燒燭達曉。呼召賓客，說民間細事，歡謔無所不為」〔註18〕，講談的都是一些稀奇古怪的故事，當然也包括佛道二教那些神異靈驗、荒誕不經卻又是引人入勝的故事。這些傳聞集，流傳於知識階層之中，也會被僧侶用來作唱導的內容。侯旭東在其《五六世紀北方民眾佛教信仰》一書中還強調了遊方的僧侶在這些佛教傳聞故事傳播和結集中的重要作用。遊方和尚行走於南北之間甚至中外之間，弘法於上層士族和普通民眾之間，見多識廣，掌握了不少佛教靈驗故事，同時也有機會把來自於民間的傳聞故事傳播給知識階層，使之得以記載保存。「釋氏輔教之書」等佛教傳聞集中的不少傳聞就是經由僧侶的傳播而被記載下來

〔註17〕 魯迅：《中國小說史略》第五篇「六朝之鬼神志怪書（上）」，第 29 頁，上海古籍出版社，1998 年。

〔註18〕 《陳書》卷三六《始興王叔陵傳》，第 494 頁，中華書局，1972 年。

的。例如《冥祥記》「竺法義」條：「（傅）亮自云：其先君與（法）義遊處，義每說此事，則凜然增肅焉。」「王胡」條：「元嘉末，有長安僧釋曇爽來遊江南，具說如此也。」「道志」條：「此事在泰始末年，其寺好事者已具條記。」等等。

　　《冥祥記》等「釋氏輔教之書」對佛教傳播作用很大。唐道世在《法苑珠林》卷八中，將《宣驗記》、《冥祥記》、《冤魂志》等「釋氏輔教之書」盛讚為「傳世典謨，懸諸日月，足使目睹，當猜來惑」。由於佛教的經典數量巨大、內容龐雜，其細緻複雜的理論觀念對性喜談玄的士族貴族有吸引力，但是一般民眾理解起來卻有很大困難。深奧的佛經不僅不便於理解記誦，同時也不便於流傳。即使是出家僧眾「止宣唱佛名，依文致理」也會「中宵疲極」〔註 19〕，更何況凡庶山民。佛教在弘法和傳播的過程中，為了吸引和教化芸芸眾生，允許宣教者採用多種多樣、靈活多變的形式、方法和法門，佛教把這些手段統稱為「方便」〔註 20〕。佛教對這種「方便」極為重視，《妙法蓮華經文句》卷三云：「又方便者，門也；門名能通，通於所通，方便權略，皆是導引，為真實作門，真實得顯，功由方便。」〔註 21〕就是說眾生對佛教真實根本的認識和獲得解脫，其功勞都在於方便。鑒於此，「唱導」便成為輔助佛教傳播的有效方式，「或雜序因緣，或旁引譬喻」〔註 22〕。「譬喻說經」重要的特徵是援引與佛教宗旨一致的故事和傳說作為疏解經文的重要依據。志怪小說中神奇的故事在這一點上似乎有著得天獨厚的條件。僧侶唱導的內容也有很多就取材於民間傳聞和這些傳聞的結集──「釋氏輔教之書」。佛教利用佛經的通俗講唱、民間應驗故事等通俗易懂的形式，把複雜的宗教的理念融入到通俗、形象的靈異故事之中，使對複雜教理無法理解也不感興趣的普通民眾接受了佛教的基本信仰。

　　這些「釋氏輔教之書」所宣揚的佛教的核心信仰就是「三世因果」、「六道輪迴」。「地獄巡遊故事」就是最集中反映這種思想觀念的故事類型，其中既有因果觀念，也有輪迴觀念。所以梁慧皎的《高僧傳·唱導論》中寫道：「談無常，則令心形戰慄；語地獄，則使怖淚交零。徵昔因，則如見往業；

〔註 19〕慧皎：《高僧傳·唱導論》，第 521 頁，中華書局，1992 年。
〔註 20〕方便：梵文 Upaya 的意譯，全稱為「方便善巧」、「方便聖智」（Upayakausalya）。
〔註 21〕《大正藏》第 34 卷，《妙法蓮華經文句》卷 3，第 36 頁 a。
〔註 22〕慧皎：《高僧傳·唱導論》，第 521 頁，中華書局，1992 年。

覈當果，則已示來報。」〔註23〕劉宋初年慧琳《白黑論》亦云：「（釋迦）設一慈之教，群生不足勝其化，敘地獄則民懼其罪，敷天堂則物歡其福。」並進一步指出「若不示以來生之欲，何以權其當生之滯。物情不能頓至，故積漸以誘之。」〔註24〕宗炳《答何衡陽書》亦說：「至於啓導粗近，天堂地獄皆有影響之實。」「勵妙行以希天堂，謹五戒以遠地獄。」〔註25〕佛教宣揚此說在社會上影響極大，教外之人常藉此來指謫釋教。蕭齊時范縝《神滅論》抨擊佛教云：「又惑以茫昧之言，懼以阿鼻之苦，誘以虛誕之辭，欣以兜率之樂。」使「家家棄其親愛，人人絕其嗣續。」〔註26〕北周道安《二教論》假道徒之口駁難佛教云：「佛經怪誕，大而無徵，怖以地獄，則使怯者寒心；誘以天堂，則令愚者虛企。」〔註27〕從上引文獻可以看到，「地獄巡遊故事」對佛教信眾的心靈震撼，以及地獄信仰廣泛流行的歷史實態。從佛經中有關地獄的描寫來看，只是說明犯有不同類型的罪惡的人死後在地獄中受到不同的懲罰，這種理論上的宣傳與志怪小說中經歷過地獄巡遊的人的親身體驗相比，自然是後者通過死而復活的人來現身說法具有更強的感染力和說服力。「死而復生」充滿神異色彩，「地獄巡遊」更加聳動人心。清人趙翼曾說「蓋一教之興，能聳動天下後世者，其始亦必有異人異術，神奇靈驗」〔註28〕。國人自古以來相信經驗和重視實用，只有信仰對象靈驗有效才會激起他們的信仰熱情。所以神異靈驗的「地獄巡遊」等「釋氏輔教之書」中的故事，在佛教的傳播中起到了非常重要的作用，廣大普通信眾主要就是從這些故事中認識了佛教，信仰了佛教。

〔註23〕〔梁〕慧皎：《高僧傳‧唱導論》，第521頁，中華書局，1992年。

〔註24〕《宋書》卷九十七《夷蠻傳》，第2389、2390頁，中華書局，1974年。

〔註25〕《大正藏》第52卷，《弘明集》卷三《答何衡陽書》之一，18頁a。

〔註26〕《梁書》卷四十八《儒林‧范縝傳》，第670頁，中華書局，1997年。

〔註27〕《大正藏》第53卷，《廣弘明集》卷八，第141頁a。

〔註28〕趙翼：《廿二史箚記》卷一五「誦經獲報」，第325頁，中華書局，1985年。

第八章　中國小說中的閻羅王——
印度地獄神的中國化

　　印度佛教地獄觀念隨著佛教的傳播而流行中土，與中國本土的冥界思想相互融合，經過魏晉以降近四百年的滲透演變，逐步地「中國化」。一方面補充了中國文化中所缺乏的他界信仰的內容，另一方面又不斷地爲中國文化土壤所改造。到隋唐時期，中國佛教中遂形成獨具特色的地獄觀念，成爲信仰的重要構成部分，在文學領域也產生廣泛的影響。

　　縱觀中國地獄觀念經過魏晉南北朝直到隋唐時期的發展演變，可以發現大量中國道教、儒家和民間信仰的冥界觀念被納入佛教思想體系，突出的表現是閻羅王這一來自印度佛教的神祇已融入中國民眾信仰的神譜，並與地藏信仰合流，廣泛普及於普通民眾的信仰生活之中。這裏僅根據隋唐文學創作中小說的材料加以分析。小說的內容雖然出於虛構，但其中反映的觀念是眞實的；同時這種虛構的表現又促進了小說創作的發展。這一現象也是中、外文化交流影響文學創作的典型範例。

第一節　閻羅王的中國化

　　六朝時期十分盛行的「泰山治鬼」信仰在隋唐已經淡化。我們在魏晉南北朝時期的志怪小說中屢屢可以看到的地獄主宰——「泰山府君」，在隋唐五代的小說中則逐漸被以前很少見的「閻羅王」所取代。

　　「閻羅」，又作閻魔、琰摩、閻摩羅、閻摩羅社、琰摩邏闍等，本是梵文

yama-rāja 的音譯，對於中國乃是外來的神祇。在印度古老的吠陀經典之中，他是太陽神威瓦斯瓦房特的兒子，世界上的第一個人。他死後成為死神和冥界之王，管轄著每個人死後的必經之路——「父輩之路」。最初構想的閻王殿是類似天堂一樣的靈魂歸宿。因為在火葬後，只有純潔的人的靈魂才能進入閻王殿，而有罪之人和有缺陷的人的靈魂則被留在灰燼的下面。後來在印度，由於因陀羅的空中天堂越來越受重視，閻王殿就變成了專門審判和懲罰罪人的地獄，閻羅王從而也變成了一個令人恐怖的凶神〔註1〕。

佛教地獄觀裏繼承了婆羅門教神話中的地獄神閻羅王。但是傳入中土之後，在中國本土信仰的影響之下，閻羅王在魏晉六朝時期一直被比附為漢代以來廣泛流傳的「泰山府君」。而且在很多早期佛經中，地獄的種類、處所、數量等等歧說紛紜，閻羅王地獄只是並列的數種地獄中的一種，閻羅地獄說也只是眾多的地獄說的一種。

在現存六朝各種筆記小說中，只能見到很少關於「閻羅」的記載〔註2〕。可知當時閻羅王並不受人重視。這是因為在初期佛教觀念之中，地獄是罪人受罰之處，所有的刑罰都是罪人自己的業力所致，沒有必要安置一個沒有罪孽的王者來統御。只是到後來，出於國人重視現世的觀念，依照人世帝王制度來構建出地獄，又因為中土本來具有的「泰山府君」統治冥界的信仰影響甚大，所以佛教「閻羅地獄」說漸與本土「泰山治鬼」信仰合流，佛教眾多的地獄說中並不重要的一種遂演變為中國地獄信仰的主流。

關於閻羅王的來歷，《經律異相》卷四十九引述《問地獄經》、《淨度三昧經》，曾提到閻羅王原是毗沙國王：

> 閻羅王者，昔為毗沙國王，緣與維陀始王共戰，兵力不敵，因立誓願，願為地獄主。臣佐十八人，頭有角耳，皆悉忿懟，同立誓曰：「後當奉助治此罪人。」毗沙王者，今閻羅是；十八人者，諸小王是；百萬眾者，諸阿傍是，隸北方毗沙門天王〔註3〕。

《問地獄經》和《淨度三昧經》本出於六朝中土沙門偽撰，所以這種說

〔註1〕 〔英〕維羅尼卡·艾恩斯：《神話的歷史》，第七章《陰曹地府》，希望出版社，2003年。

〔註2〕 如《洛陽伽藍記》卷二「崇真寺比丘惠凝」條、《幽明錄》「李通」條以及《宣驗記》「程道慧」條等罕見的幾條。

〔註3〕 〔梁〕僧旻、寶唱編撰：《經律異相》卷四十九「地獄部（上）」，第262頁，上海古籍出版社，1988年。

法可能並非源自印度梵典。又據南北朝時期翻譯的《長阿含經》卷十九〈世紀經地獄品〉，這個閻羅王及其冥吏是因罪業受罰入冥，晝夜三時，受諸酷刑，地位尚不如凡人：

> 然彼閻羅王晝夜三時，有大銅鑊自然在前。若鑊出宮內，王見畏怖，捨出宮外；若鑊出宮外，王見畏怖，捨入宮內。有大獄卒，捉閻羅王臥熱鐵上，以鐵鈎擗口使開，洋銅灌之，燒其唇舌，從咽至腹，通徹下過，無不焦爛；受罪訖已，復與諸婇女共相娛樂；彼諸大臣受福者，亦復如是。〔註4〕

但是，到了隋唐時期，閻羅王的地位大為改觀。在《太平廣記》所搜集的「地獄故事」中，表現閻羅王的在絕對數量上已超過表現泰山府君的故事，由此可以知道，在民眾信仰中，閻羅王的影響也已超過了泰山府君。他已取代了泰山府君在地獄的統治者地位，成為民眾信仰中真正的地獄主宰，而泰山府君則降為閻羅王的輔佐。

初唐時期唐臨所著《冥報記》中雖然還有不少關於泰山府君的篇目，但是他已經屈居於閻羅之下。如在〈睦仁蒨〉一篇裏作者借鬼吏成景之口說：

> 天帝總統六道，是謂天曹。閻羅王者，為人間天子；泰山府君，如尚書令錄；五道神如諸尚書；若我輩國如大州郡。每人間事，道士上章請福，如求神之恩，天曹受之，下閻羅王……閻羅敬受而奉行之，如人之奉詔也。〔註5〕

中唐張讀《宣室志》〈郤惠連〉中講郤惠連夢中奉天帝之命為「司命主者」，前往地獄冊封海悟禪師為閻王。閻王的屬員甚眾，其中有「五嶽衛兵主將」，衛兵排列為五行，「衣如五方色」。其秘書稱閻王為「地府之尊者也，標冠嶽瀆，總幽冥之務。非有奇特之行者，不在是選。」〔註6〕由此可見，隋唐時期閻羅王已經和天帝、司命、五嶽、四瀆之神等並列在一起，清楚表明他已經被納入中國本土民眾信仰的神佛體系。

在許多小說中，閻羅王的形象已經與印度的那個雖然也擁有尊榮享樂，

〔註4〕　〔姚秦〕佛陀耶舍、竺佛念譯：《長阿含經》第四分，第十九卷，第348～349頁，宗教文化出版社，1999年。

〔註5〕　〔宋〕李昉等編：《太平廣記》卷二百九十七，第2364～2367頁，中華書局，1961年。

〔註6〕　〔宋〕李昉等編：《太平廣記》卷三百七十七，第3002～3004頁，中華書局，1961年。

但卻有一半時間受苦的地獄之王迥然不同了。隋唐時期的閻羅王繼承了泰山府君的威福，改變了受苦受難的形象，搖身一變而成爲司掌著人類生死簿記、掌管世人生死壽夭的幽冥之主甚至是諸佛菩薩的化身了。這種轉變明顯受到中土傳統文化的影響。因爲按照中國文化「君君臣臣」的等級觀念，刑尚且不上大夫，何況擁有崇高威權、主宰民眾禍福的地獄之王，更應當高踞無上尊崇的地位。

唐初沙門藏川所撰《佛說地藏菩薩發心因緣十王經》、《佛說閻羅王受記令四眾逆修生七齋功德往生淨土經》等經典，對於進一步提高閻羅王的地位起到非常關鍵的作用。

在這兩部「僞經」之中，將閻羅王一分爲十：秦廣王、初江王、宋帝王、五官王、閻羅王、變成王、太山王、平正王、都市王、以及五道轉輪王。這地獄十王分別司掌十殿地獄，又分別是不動如來、釋迦如來、文殊菩薩、普賢菩薩、地藏菩薩、彌勒菩薩、藥師如來、觀世音菩薩、阿閦如來和阿彌陀佛等十位佛菩薩的化身。

這「十殿閻羅」在後世的職能分工很詳細，清光緒年，天主教神父黃伯祿的《集說詮眞》綜合了《佛說十王經》與宋代道士淡癡的《玉曆至寶鈔》的說法。第一殿，秦廣王蔣，專司人間壽夭生死，統管幽冥吉凶。第二殿，楚江王歷，司掌剝衣亭寒冰地獄。第三殿，宋帝王余，司掌黑繩大地獄。第四殿，五官王呂，司掌剝戮血池地獄。第五殿，閻羅王天子包，司掌叫喚地獄。第六殿，卞城王畢，司掌大叫喚地獄及枉死城。第七殿，泰山王董，司掌碓磨肉醬地獄。第八殿，都市王黃，司掌熱惱悶鍋地獄。第九殿，平等王陸，司掌豐都城鐵網阿鼻地獄。第十殿，轉輪王薛，專司各殿解到鬼魂，分別善惡，核定等級，發往四大部洲投生〔註7〕。

「秦廣王」、「宋帝王」乃是中土姓氏；「初江王」掌管奈河津，與中國固有的黃泉、死人河的觀念密不可分；「五官王」則吸收了道教天、地、水三官觀念並加以推演，增加仙官、鐵官成爲五官，司掌地獄中違犯殺、盜、淫、妄、酒五戒的亡魂，很明顯這是糅合佛教的五戒、五根等觀念、中土的五行相生相剋觀念的構想；「太山王」是中國傳統的「泰山治鬼」觀念的遺存；「都市王」又似與民間信仰中城市的保護神——城隍信仰有關。這樣，藏川的「十

〔註7〕 〔清〕黃伯祿：《集說詮眞》第 2 冊，第 131～141 張，光緒己卯年鐫，上海慈母堂藏板。

殿閻羅」說將佛教地獄觀念和中國本土的思想和信仰融為一體，使閻羅信仰進一步中國化了。

閻羅王的中國化並沒有就此停步。閻羅王既然變成了中國式的帝王，那也就要由中國人來擔當。在隋唐時期，民間信仰閻王是由隋朝大將韓擒虎擔任。《隋書・韓擒虎傳》記載，韓擒虎死前「其鄰母見擒虎門下儀衛甚盛，有同王者，母異而問之。其中人曰：『我來迎王。』忽然不見。又有人疾篤，忽驚走至擒虎家曰：『我欲謁王。』左右問曰：『何王也？』答曰：『閻羅王。』擒虎弟子欲撻之，擒虎止之曰：『生為上柱國，死作閻羅王。斯已足矣。』因寢疾，數日竟卒，是年五十五。」〔註8〕《古今圖書集成・神異典》引《滑縣志》中也記載：「韓擒虎墓，在小韓村，有閻羅王廟。」

《河東記》〈崔紹〉中的閻羅王就是崔紹的親家，而且在他之前還有很多人作過閻羅王：

> 紹復咨啓大王：「大王在生，名德至重，官位極崇，則合却歸人天，為貴人。身何得在陰司職？」大王笑曰：「此官職至不易得，先是杜司徒任此職，總濫蒙司徒知愛，舉以自代，所以得處此位，豈容易致哉？」紹復問曰：「司徒替何人？」曰：「替李若初。若初性嚴寡恕，所以上帝不遣久處此，杜公替之。」〔註9〕

這段文字，反映了隋唐以降民間形成的正直之人更替為地下主的信仰。如《酉陽雜俎・前集》卷二：

> 至忠至孝之人，命終皆為地下主者。一百四十年，乃授下僊之教，授以大道。有上聖之德，命終受三官書，為地下主者。一千年，乃轉三官之五帝，復一千四百年，遊行太清，為九宮之中仙。又有為善爽鬼者，三官清鬼者，或先世有功，在三官流。逮後嗣易世煉化，改世更生。此七世陰德，根葉相及也，命終當道遺腳一骨以歸三官，餘骨隨身而遷，男女左右皆受書為地下主者，二百八十年，乃得進處地仙之道矣。〔註10〕

〔註8〕《隋書・韓擒虎傳》卷五十二，列傳第十七，第1341頁，中華書局，1973年。

〔註9〕〔宋〕李昉等編：《太平廣記》卷三百八十五，第3070～3071頁，中華書局，1961年。《太平廣記》本篇引為出自《玄怪錄》，《說郛》卷四引作出《河東記》，據李劍國《唐五代志怪傳奇敘錄》考證當為柳宗《河東記》佚文。

〔註10〕〔唐〕段成式：《酉陽雜俎・前集》卷二，《唐五代筆記小說大觀》，第567頁，上海古籍出版社，2000年。

《北夢瑣言》卷七：

> 世傳云，人之正直，死爲冥官。道書云：豐都陰府官屬，乃人
> 間有德者卿相爲之，亦號陰仙。〔註11〕

　　如此等等，起自隋唐，迄至明清，民間相傳爲閻羅王者非常之多。著名的有韓擒虎、寇準、韓琦、范仲淹、包拯等眞實的歷史人物，不知名者則不計其數。在人世間，很多時候正義難以伸張，人們希望出現鐵面無私、是非分明的人來主持冥間審判，使人世間的不公平得以彌補。人鬼作爲閻王的信仰，使外來的閻羅王形象徹底被改造成中國人的模樣，這也表現出中國文化對外來文化的強大的同化力。

　　沙門藏川撰述的《佛說地藏菩薩發心因緣十王經》、《佛說閻羅王受記令四眾逆修生七齋功德往生淨土經》等經典宣揚閻羅王即是地藏菩薩的化身，反映了隋唐時期地藏信仰的流行以及閻羅信仰與地藏信仰的合流趨勢。

　　《地藏菩薩本願經》、《地藏菩薩十輪經》和《占察善惡業報經》是有關地藏菩薩的三部最主要的佛經，被稱爲「地藏三經」。這三部經典一般認爲是隋唐時期翻譯或撰述的。這三部佛教的翻譯和撰述，促進了地藏信仰在中國的流佈。地藏菩薩「我不入地獄，誰入地獄」，「地獄不空，誓不成佛」，「眾生度盡，方證菩提」等偉大的自我犧牲精神，感動和吸引了大量信徒。

　　地藏菩薩是中土尊奉的「四大菩薩」之一，但他與其它諸大菩薩主要的不同之處就是所謂「現出家相」。現出家相是以出家比丘的身份，普渡眾生，繼承並發揮了釋迦佛於濁世度眾生的精神。所以我們在寺廟中見到的地藏菩薩塑像都是露頂或著帽的沙門形象。

　　閻羅王本來有出家爲僧的願望。《中阿含經》、《增一阿含經》、《長阿含經》、《佛說立世阿毗曇論》和《起世經》等經論中，都曾提到閻羅王常有志願，希望命終之時，生於富貴人家，然後出家學道作沙門。如《增一阿含經》卷二十四「善聚品」：

> （佛言）比丘當知，閻羅王便作是說：「我當何日脫此苦難於人
> 中生？已得人身，便得出家，剃除鬚髮，著三法衣，出家學道。」
> 〔註12〕

〔註11〕〔五代〕孫光憲：《北夢瑣言》卷七，《唐五代筆記小說大觀》，第1864頁，
　　　　上海古籍出版社，2000年。

〔註12〕《大正藏》第2卷，《增一阿含經》卷二十四「善聚品」，第676頁b。

佛經上的上述記載爲閻羅王信仰和地藏信仰的合流提供了理論依據。在隋唐時期，人們一般認爲地藏菩薩是幽冥教主，地獄十王歸屬他的管轄；或者認爲閻羅王就是他的化身，在地獄之中度脫受難的亡魂。

《地藏菩薩本願經》舊題爲唐代于闐高僧實叉難陀所譯。但是現代學術界一般都認爲是中土撰述。在唐代主要經錄如《開元釋教錄》、《貞元新定釋教目錄》中對此經都沒有著錄，而宋、元、高麗等歷代藏經中也沒有收載，只有在更遲的明藏中才收入此經。所以呂澂的《新修漢文大藏經目錄》中認爲此經爲明初始得〔註13〕。但是從唐代地藏信仰廣泛流傳的史實來看，這部經典有可能在唐代就已問世。

雖然地藏菩薩的地獄拯救觀念與大乘菩薩的救世精神兩相吻合，但是地藏菩薩地獄拯救的信仰卻源自中國本土思想。因爲按照佛教業報理論，地獄懲罰是個人業力所致，外力無法更易，只有宿業得償，才能出離地獄，投胎轉世。這種絕對的「自力」觀念與中國固有的陰陽五行相生相剋思想完全不一致。按照中國固有的陰陽生剋觀念，既然有地獄懲罰就應該有地獄拯救。正是依據這樣的邏輯，地藏信仰就應運而生了。此外，地藏本生中說到他兩度親歷地獄，歷盡艱難，度脫其母出離地獄，這樣的行爲與國人重孝道的傳統思想相契合，這更有利於地藏信仰在中國的傳播。

在中國，關於地藏菩薩的來歷有多種說法：如說是新羅王族，姓金，出家爲僧，渡海之九華山，坐化爲菩薩；有一說爲如來十大弟子，古印度摩揭陀國王舍城婆羅門目犍連；還有認爲是古印度婆羅門女、道教的金蟬子，等等。其中以前兩說最爲流行，而第二種更將地藏菩薩救母也與目連救母的傳說結合在一起。《三教源流搜神大全》卷七：

> 職掌幽冥教主，十地閻君率朝賀成禮。相傳王舍城傳羅卜，法
> 名目犍連，嘗師事如來，救母與餓鬼群叢，作盂蘭勝會，歿而爲地
> 藏王。〔註14〕

地藏菩薩救母與目連救母的傳說相融合，表明閻羅地藏的形象已經與中國傳統的孝道觀念結合得緊密無間了。

十殿閻羅還與民間流行的「七七齋」、「十王齋」有密切關係。「七七齋」、

〔註13〕　呂澂：《新修漢文大藏經目錄》，第92頁，齊魯書社，1980年。
〔註14〕　《繪圖三教源流搜神大全》（外二種），第308頁，上海古籍出版社，1990年。

「十王齋」是中國重要的民間喪俗。據藏川《地藏十王經》和《預修十王經》，人死後，在四十九天內，每個七日再加上滿百日、滿一年、滿三年這十個日子裏，要齋僧做法，追薦亡魂。因爲在人死後的這十個階段裏，分別要經過地獄十王的審判和處罰，只有修齋造福，才能讓亡魂如期出離地獄、投胎轉世，而如果少了一齋，亡魂則會在這一王處多滯留一年。「十王齋」和盂蘭盆節一樣，經過守孝觀念和祭祀祖先活動的滲透，使閻羅地獄信仰和佛教提供的死後救贖方式與中國根深蒂固的祖先崇拜合流，在中國民眾信仰的土壤之中牢牢地紮根了。

第二節　隋唐小說、變文中的閻羅地獄

眾所周知，六朝時期是中國宗教信仰最虔誠的時代。時至隋唐，佛教尤其是閻羅地獄信仰則出現了明顯的世俗化傾向。在小說、變文創作中則明顯體現出宗教意味的淡化。雖然勸善懲惡仍然是重要的主題，但是很多小說、變文裏只是利用閻羅地獄爲題材而另有意圖，或表現人情世故，或諷刺官場腐敗，從而增加了作品中世俗生活內容，開闊了藝術創作的空間。

在以勸善懲惡爲主題的變文、小說中，地獄往往被描寫得異常恐怖。例如著名的《大目乾連冥間救母變文》，目連的母親青提夫人因爲欺誑凡聖、慳吝錢財不營齋作福，命終墮入阿鼻地獄。變文中所寫的阿鼻地獄是一個令人膽戰心寒的地方：

> 鐵城高峻，芬蕩連雲，劍戟森林，刀槍重疊。劍樹千尋似芳撥，劍刺相指；刀山萬仞橫連，巉嵒亂倒。猛火礐濚似雲吼，咷踉滿天；劍輪簇簇似星明，灰塵鋪地。鐵蛇吐火，四面張鱗；銅狗吸煙，三邊振吠。蒺藜空中亂下，穿其男子之胸；錐鑽天上旁飛，剡刺女人之背。鐵杷踔眼，赤血西流；銅叉剚腰，白膏東引。於是刀山入爐炭，骷髏碎，骨肉爛，筋皮折，手膽斷。碎肉迸濺四門之外，凝血滂沛於獄牆之畔。生號叫天，岌岌汗汗……〔註15〕

但是唐人有關地獄的變文、小說中最引人注目的，還是那些充滿世俗情趣的篇章。在那些變文、小說中，閻羅、地獄不再表現的陰森可怖，而是如

〔註15〕黃徵、張湧泉校注：《敦煌變文校注》，第 1031～1032 頁，中華書局，1997年。

同人間一樣充滿世俗人情和欲望的世界。

如在唐代小說《河東記》〈崔紹〉中，本來是陰森恐怖的冥司地獄被描寫得如同人間繁華的都市：

> 街衢人物頗眾，車輿合雜，朱紫繽紛，亦有乘馬者，亦有乘驢者，一似人間模樣。此門無神看守。更一門，盡是高樓，不記間數，竹簾翠幕，眩惑人目。樓上盡是婦人，更無丈夫，衣服鮮明，裝飾新異，窮極奢麗，非人寰所觀。〔註16〕

這也是佛教地獄觀念已被中國化的典型表現。重視現世的中國人堅信「地下大抵如人世」，從而將佛教中的令人恐怖和厭惡的地獄改造成了賞心悅目甚至充滿世俗誘惑的人間都市。

在唐人筆下如此充滿世俗情調的地獄之中，自然也充滿了俗世人間的人情世故。在唐臨《冥報記》〈兗州人〉中，兗州人張某與泰山府君的四子有一段充滿人情味的交遊，行俠仗義的四郎不但搭救張某於強賊劫掠之中，還幫助他的妻子死而復生。戴孚《廣異記》的〈韋璜〉裏周混之妻韋璜被招入冥，是為泰山府君出嫁的女兒作妝和染紅。在這些小說中，冥界官吏不再是冷漠的神祇，也像人世間一樣有兒女親戚、婚喪嫁娶，也有著普通人的倫常親情和友誼。又如《廣異記》〈鄧成〉、張讀《宣室志》〈崔君〉等篇章中，由於崔君的朋友是冥官、鄧成的表丈是判官，所以崔君因朋友之力，得兩年廩祿豐厚的假職；而鄧成則由於親戚的料理得返陽間。入冥受罰的人只要在冥界有親戚或者朋友做官就可以獲得開脫和通融。這正如陽世所謂「朝中有人好辦事」，在中國這種注重人情的社會裏，一切社會規則都是具有彈性的，即使在地獄裏對於親戚朋友也會網開一面。

唐人這些有關閻羅、地獄的小說與魏晉六朝的佛教地獄巡遊故事相比較，更加具有世俗色彩，當然也就更吸引人。在情節結構上，不再是情節簡單、公式般的因果報應，而是更加複雜曲折，反映了豐富多彩的現實生活，人物形象也更充滿生氣和光彩。唐人小說突破魏晉六朝小說發明神道不誣、宣揚輪迴報應的實錄模式，利用佛教提供的一些人物和情節，馳騁他們的文采和意想，描繪繽紛多彩的人情世態。與六朝的「釋氏輔教之書」中的宣教故事不同，它們不再是宗教宣傳的工具，而已經是明顯的藝術創造，具備了

〔註16〕〔宋〕李昉等編：《太平廣記》卷三百八十五，第3068～3073頁，中華書局，1961年。

極強的小說文體的自覺。不僅如此,唐人小說關於閻羅地獄的小說中,還寄寓了他們對世事人生的感懷,借地獄故事影射諷刺俗世的官場腐敗,表現了強烈的批判意識,具有深刻的思想內涵。

如《廣異記》〈陽州佐使〉裏的佐使生算未盡,受罰畢理應放還,而冥吏勒索錢財五十千,否則不放行。佐使因家貧無力辦得,冥吏就逼他竊取胡兒五十千錢,交付後,才得以放還。《玄怪錄》卷三〈吳全素〉中寫吳還陽時,被鬼吏索錢五十萬,吳身無分文,鬼便唆使他去姨夫家索錢,以致夢辦法得錢千緡。這些鬼吏不僅敲詐勒索,還貪戀美色。《廣異記》〈六合縣丞〉中,入冥後應被無罪放還的揚州譚家女,因為貌美而被門吏「曲相留連」。譚家女以千貫相奉,請與還陽的六合縣丞同行,六合縣丞請已作判官的同鄉劉明府幫忙,劉判官答應幫忙,但是要和其子分得千貫酬金中的四百貫。這些判官、鬼吏使曾經法度森嚴的閻羅殿,充斥著了骯髒的權錢交易,甚至如《玄怪錄》卷二〈崔環〉中的兩個冥吏送崔環還陽時所言,他們的賄賂之多,竟無暇收取:

> 某等日夜事判官,為日雖久,幽冥小吏,例不免貧。各有許惠
> 資財,竟無暇取,不因送郎陰路,無因得往求之。〔註17〕

唐人小說中的地獄是人間的縮影,其對地獄官吏勒索錢財等醜態的描繪恰是俗世的一副官場現形記,小說以喜劇的形式對現實社會中官場腐敗進行了有力的諷刺與鞭撻。

現藏於大英博物館的敦煌殘卷《唐太宗入冥記》也是生動反映唐代地獄觀念和社會生活的一篇優秀的變文。它敘述了唐太宗因宣武門兵變,殺害其兄弟建成太子及元吉二人,被二人在地獄中控告,所以生魂被追入地獄。太宗入冥後不向閻王施拜禮,自稱「朕是大唐天子,閻羅王是鬼團頭」〔註18〕。閻王羞慚,令判官崔子玉勘問太宗。由於崔子玉在陽世為太宗臣子,所以徇私為太宗改添十年陽壽,並趁機要挾太宗為其加官進爵、大加賞賜。太宗許諾還陽後將每年全國進貢的錢物都賜予他,還賜他蒲州刺史兼河北二十四州採訪使,官位至御史大夫,賜紫金魚袋。雖然小說末尾寫到崔子玉勸太宗回到長安時,多修功德,大赦、錄講《大雲經》等,但是就整篇看來,宗教氣

〔註17〕〔唐〕牛僧儒:《玄怪錄》卷二,《唐五代筆記小說大觀》,第 363 頁,上海古籍出版社,2000 年。

〔註18〕黃徵、張湧泉校注:《敦煌變文校注》,第 319～322 頁,中華書局,1997 年。

氛遠不如六朝時的「釋氏輔教之書」中的「地獄巡遊」故事那樣濃厚。地獄審判也沒有恐怖與森嚴，而是充滿了喜劇色彩。尤其是判官崔子玉的語言行爲，充滿了對帝王權勢的諂媚和利用職權討要官爵的貪婪與狡獪。在這裏，莊嚴的地獄審判變成了具有諷喻色彩的情節，表現現世中帝王可以其權勢和財富使正義扭曲的現實。

《唐太宗入冥記》表現了唐代地獄觀念世俗化傾向，印度傳來的地獄觀念已經看不出印度地獄觀念的影子：閻王也不再是一個凶煞的地獄之神，而成了有點可笑甚至遭到人間帝王蔑視的神祇；地獄也不再是一個公正的審判的場所，而變成了中國化的腐敗官場，充滿欺詐和勢利，只要是有權有勢，如變文中唐太宗那樣犯下「殺人數廣」大罪的人不但可以逃脫懲罰反而增添十年陽壽。六朝人心目中平等、公正的地獄，在這裏已布滿了殘酷現實的陰影。

小說中如此充滿趣味的描寫是當時社會生活的折射。正是這些社會生活內容的增加，使得隋唐志怪傳奇有了更加多姿多彩的藝術魅力。這些故事反映了隋唐以降中國民眾信仰的特點：以人性來建構神性。以宗法關係爲根基的中國社會是一個人情社會，身處人情社會的國人，相信神的世界也如同世俗世界一樣，閻羅與小鬼也與俗人一樣有名姓、妻妾、親戚和朋友，與俗人一樣喜歡美色和貪財受賄。正由於以人性來建構神性，使得中國的閻羅地獄的信仰少了些神聖和莊嚴，多了些世俗功利的色彩；民眾對地獄的神明也就少了些虔誠與敬畏，多了些戲謔與嘲弄。

綜上，至隋唐時期，來自天竺的佛教地獄觀念基本上完成了它的中國化歷程，沙門藏川的《佛說十王經》，基本完成了佛教的地獄中國化；而北宋道士淡癡所撰的《玉曆至寶鈔》，不僅是它適用於佛教徒，而且也讓它適用於道教徒，《玉曆至寶鈔》中吸收了「十殿閻羅」說，承認佛教的地藏菩薩爲幽冥教主，地位在十王之上，同時又將道教的冥界最高神祇——北陰豐都大帝收錄進來（南朝齊梁時期道教學者陶弘景就在其《眞靈位業圖》中將位於第七層的豐都大帝稱之爲治鬼的最高統治者，治所就在豐都），最後又將道教的玉皇大帝擺在豐都大帝之上。這樣《玉曆至寶鈔》仿照中國的官僚體制建構起了它的天堂地獄的神譜：玉皇大帝——北陰豐都大帝——地藏菩薩——十殿閻羅——城隍——土地——判官——日夜遊神——門神——竈神——

鬼卒等〔註19〕。

　　至此以後，地獄十王說便成為中國的佛道這兩大宗教共有的教義，在普通民眾之中也是深入人心、廣為信奉。僅就《太平廣記》中的材料看，就可知民間信仰閻羅王的地域在唐代就已遍及全國各地，閻羅王的信仰已經廣泛深入民間。此後，閻羅王就一直統轄著中國人的幽冥世界。儘管在道教中，自魏晉時代以來，豐都北陰大帝就一直與閻羅王爭天下，但是除了重慶地區以外，就全國範圍內而言，普通民眾對北陰大帝的信仰都不能和對閻羅王的崇拜相比擬。「十殿閻王」的信仰播布久遠，一直到清末還在民間廣泛流傳，在當時遍佈各地的城隍廟中幾乎都可以看到「十殿閻羅」的雕塑或壁畫。

〔註19〕據蕭登福標點《玉曆至寶鈔》，見其《道佛十王地獄說》，第 425～453 頁，（臺北）新文豐出版股份有限公司，1996 年。

餘　論

　　「地獄十王說」的出現全面綜合了佛教、道教、儒家以及民間信仰各方面的冥界思想，標誌著中國的地獄觀念到隋唐時期就已經基本成熟。到了宋代道士淡癡撰《玉曆至寶鈔》，將地獄的最高主宰定爲北陰豐都大帝，使得地獄十王說更加符合道教的要求，成爲佛道兩種共同的地獄觀念，以後中國地獄觀念就已定型，沒有大的變化。

　　但是，地獄觀念在文學中的表現，卻有長足的發展。作爲中國小說史上經久不衰的「母題」，「地獄巡遊」〔註1〕在隋唐以後的小說、戲劇中依然層出不窮。宋代洪邁《夷堅志》、明代瞿祐《剪燈新話》、清代蒲松齡《聊齋誌異》、紀昀《閱薇草堂筆記》、袁枚《子不語》等文言小說集中，這樣題材的小說俯拾即是。不僅是文言小說，在明清文學中，六朝隋唐的一些「地獄巡遊」故事往往被改編成情節更豐富、描寫更細緻的白話小說。如《警世通言》中《遊豐都胡毋迪吟詩》、《鬧陰司司馬邈斷獄》以及《初刻拍案驚奇》中《屈突仲任酷殺眾生　鄆州司馬冥全內侄》等等。在這些小說中，宗教宣傳的內容更加減少，只不過是作者借用「地獄巡遊」故事的敘事模式來表現人情世態、諷刺世間的黑暗與不公正。因而這些小說有著更加豐富的思想內涵，也取得了更高的藝術成就。

　　更值得注意的是「唐太宗入冥」的故事的在後世的演變。這個故事在《朝野僉載》中只有簡短的故事梗概，而到了敦煌變文《唐太宗入冥記》中就衍

〔註1〕　關於這一母題的名稱，日本學者前野直彬在其著名的《冥界遊行》中稱之爲「冥界遊行」；程國賦《唐五代小說文化闡釋》中稱之爲「魂遊地獄」；這裏使用的是孫昌武師在《「地獄巡遊」與「目連救母」》（收入《文壇佛影》）一文中提出的概念「地獄巡遊」。

變爲情節生動、描寫風趣的通俗小說。由於這個故事深富創意，因而引起後世的小說家和民間說唱藝人的關注，他們常常把他作爲題材，甚至添枝加葉，形成了新的故事群，如劉全進瓜、魏徵斬龍、尉遲恭、秦叔寶因守護太宗而爲門神的故事等。而到了明代這個故事在吳承恩的筆下更敷衍爲太宗縱囚，以及派玄奘往西天取經以度亡魂的情節。這個情節作爲偉大名著《西遊記》的一個楔子，引出了一系列波瀾壯闊、妙趣橫生的西遊故事。

唐代「目連救母」變文也形成了龐大的文學「母題」，這一母題主要在寶卷與戲曲等文學體裁中發展。在明代「目連戲」十分興盛，在民間受到熱烈歡迎，從南到北，從鄉村到市鎮，處處都有演出，往往是「里中舉戲，觀者如狂」。嘉靖、萬曆年間，福建、江西、江蘇等地出現的大量的戲曲選集刊本中，幾乎都有目連戲。萬曆年間鄭之珍《目連救母勸善戲文》的出現就是明代目連戲興盛的傑出產物。在清代，目連戲繼續發展，它的演出促進了各地地方戲的興起，帶動了民間戲曲的繁盛。

清初，目連戲從民間進入宮廷，最終形成我國戲劇史上篇幅最長、結構最龐大的劇本──《勸善金科》。《勸善金科》爲乾隆時期管理樂部的刑部尚書張文敏所撰，共十本，每本二十四齣，凡二百四十齣，可以連演十天。日本學者青木正兒在《中國近世戲曲史》中稱讚此劇：「規模宏大，行頭豐富，信爲王者之樂也。」〔註2〕

關於「地獄巡遊」與「目連救母」兩大母題在後世的演變發展，是一個有價值的課題，有待我們進一步的探討。

〔註 2〕〔日〕青木正兒著，王古魯譯：《中國近世戲曲史》，第 400 頁，商務印書館，1936 年。

參考文獻

一、古代典籍

（一）佛　典
除另注出者，均據《大正新脩大藏經》。

（二）道　書
除另注出者，均據《正統道藏》，文物出版社、上海書店、天津古籍出版社
1988 年影印本。

（三）經　部
1. 《十三經注疏》（標點本），李學勤主編，北京大學出版社，1999 年。
2. 《周易評注》，唐明邦評注，中華書局，1995 年。
3. 《論語譯注》，楊伯峻譯注，中華書局，1980 年。
4. 《孟子譯注》，楊伯峻譯注，中華書局，1960 年。
5. 《說文解字注》，許慎撰，段玉裁注，上海古籍出版社，1988 年。

（四）史　部
1. 《二十四史》，中華書局標點本。
2. 《逸周書》，《四庫全書》本。
3. 《越絕書》，《四部叢刊》本。
4. 《廿二史箚記》趙翼撰，王樹民校證，中華書局，1984 年。

5. 《出三藏記集》，釋僧祐撰，蘇晉仁、蕭鍊子點校，中華書局，1995 年。

6. 《高僧傳》，釋慧皎撰，湯用彤校注，中華書局，1992 年。

7. 《大唐西域記》，玄奘撰，季羨林等校注，中華書局，2000 年。

8. 《宋高僧傳》，釋贊寧撰，范祥雍點校，中華書局，1987 年。

五、子　部

1. 《老子校釋》，老子撰，朱謙之校注，中華書局，1984 年。

2. 《老子想爾注校證》，老子撰，饒宗頤校證，上海古籍出版社，1991 年。

3. 《墨子校注》，墨子撰，吳毓江校注，中華書局，1993 年。

4. 《管子今譯今注》，管子撰，李逸注譯，（臺灣）商務印書館，1988 年。

5. 《莊子集釋》，莊子撰，郭慶藩集釋，中華書局，1961 年。

6. 《淮南子校釋》，淮南子撰，張雙棣校釋，北京大學出版社，1997 年。

7. 《山海經校注》，袁珂校注，上海古籍出版社，1980 年。

8. 《論衡校釋》，王充撰，黃暉校釋，中華書局，1990 年。

9. 《潛夫論箋》，王符撰，汪繼培箋注，中華書局，1979 年。

10. 《太平經合校》，王明校，中華書局，1960 年。

11. 《穆天子傳　神異經　十洲記　博物志》，四庫影印本，上海古籍出版社，1990 年。

12. 《抱朴子內篇校釋》，葛洪撰，王明校釋，中華書局，1985 年。

13. 《弘明集　廣弘明集》僧祐編撰、道宣編撰，《磧砂藏》影印本，上海古籍出版社，1991 年。

14. 《經律異相》，僧旻、寶唱編撰，上海古籍出版社，1988 年。

15. 《顏氏家訓譯注》，顏之推撰，吳玉琦、王秀霞譯注，吉林文史出版社，1998 年。

16. 《法苑珠林》，釋道世編撰，《磧砂藏》影印本，上海古籍出版社 1991 年。

17. 《雲笈七籤》，《正統道藏》縮印本，書目文獻出版社，1992 年。

18. 《賓退錄》，趙與時撰，上海古籍出版社，1985 年

19. 《水東日記》，葉盛撰，中華書局，1980 年。

20. 《少室山房筆叢》，胡應麟撰，上海書店出版社，2001 年。

21. 《日知錄集釋》，顧炎武撰，黃汝成集釋，上海古籍出版社，1985 年。

22. 《日下舊聞考》，北京古籍出版社，1983 年

23. 《陔餘叢考》，趙翼撰，中華書局，1962 年。

24. 《繪圖三教源流搜神大全》，上海古籍出版社，1990 年。

25. 《集説詮眞》，黃伯祿編，上海慈母堂藏板，光緒己卯年鐫。

（六）集　部

1. 《楚辭集注》，朱熹集注，上海古籍出版社，1979 年。
2. 《文選》，蕭統編，上海古籍出版社，1986 年。
3. 《全唐文》，中華書局影印本，1960 年。
4. 《全唐詩》，上海古籍出版社影印本，1986 年。
5. 《全上古三代秦漢六朝文》，嚴可均編，中華書局，1958 年。
6. 《先秦漢魏晉南北朝詩》，逯欽立輯，中華書局，1983 年。
7. 《全漢賦》，費振剛等集校，北京大學出版社，1993 年。

（七）小説文本

1. 《太平廣記》，李昉等編，中華書局，1986 年。
2. 《漢魏六朝筆記小説大觀》，上海古籍出版社，1999 年
3. 《古小説鈎沈》魯迅校錄，齊魯書社，1997 年。
4. 《唐五代筆記小説大觀》，上海古籍出版社，2000 年。
5. 《唐宋傳奇總集》，袁閭琨、薛洪勣主編，河南人民出版社，2001 年。
6. 《全唐五代小説》，李時人主編，陝西人民出版社，1998 年。
7. 《唐人小説》，汪辟疆校錄，中華書局（上海編輯所），1959 年。
8. 《敦煌變文校注》，黃徵、張湧泉校注，中華書局，1997 年。
9. 《搜神記》，干寶編撰，汪紹楹校注，中華書局，1979 年。
10. 《搜神記　唐宋傳奇集》，干寶撰、魯迅編錄，上海古籍出版社，1998 年。
11. 《搜神後記》，陶潛撰，汪紹楹校注，中華書局，1979 年。
12. 《〈觀音應驗記〉三種譯注》，董志翹譯注，江蘇古籍出版社，2002 年。
13. 《冤魂志校注》，顏之推撰，羅國威校注，巴蜀書社，2000 年。
14. 《冥報記　廣異記》，唐臨、戴孚撰，方詩銘輯校，中華書局，1992 年。
15. 《玄怪錄　續玄怪錄》，牛僧儒、李復言撰，程毅中點校，中華書局，1982 年。
16. 《獨異志　宣室記》，李冗、張讀撰，張永欽、侯志明點校，中華書局，1983 年。
17. 《酉陽雜俎》，段成式撰，方南生點校，中華書局，1981 年。
18. 《博異志　集異志》，谷神子、薛用弱撰，中華書局，1982 年。
19. 《裴鉶傳奇》，裴鉶撰，周楞伽校注，上海古籍出版社，1980 年。

一、現代研究著作

（一）哲學宗教類

1. 《中國哲學史》，馮友蘭撰，華東師大出版社，2000 年。

2. 《中國思想史論》，李澤厚撰，安徽文藝出版社，1999 年。

3. 《中國哲學史新編》，馮友蘭撰，人民出版社，1998 年。

4. 《中國思想史》，葛兆光撰，復旦大學出版社，1998 年。

5. 《宗教學通論》，呂大吉撰，中國社會科學出版社，1998 年

6. 《中國佛教》，中國佛教協會編，中華書局，1980 年。

7. 《中國佛教史》，任繼愈主編，中國社會科學出版社，1985 年。

8. 《中國道教史》，任繼愈主編，上海人民出版社，1990 年。

9. 《漢魏南北朝佛教史》，湯用彤撰，北京大學出版社，1983 年。

10. 《隋唐佛教史稿》，湯用彤撰，中華書局，1982 年。

11. 《呂澂佛學論著選集》呂澂撰，齊魯書社，1991 年。

12. 《隋唐佛教》，郭朋撰，齊魯書社，1980 年。

13. 《宋元佛教》，郭朋撰，福建人民出版社，1981 年。

14. 《明清佛教》，郭朋撰，福建人民出版社，1982 年。

15. 《中國佛教倫理研究》，王月清撰，南京大學出版社，1999 年。

16. 《中國宗教思想史新頁》，饒宗頤撰，北京大學出版社，2000 年。

17. 《敦煌本〈佛說十王經〉校錄研究》，杜斗城撰，甘肅人民出版社，1989 年

18. 《五六世紀北方民眾佛教信仰》，侯旭東撰，中國社會科學出版社，1998 年。

19. 《中國古代死後世界觀的演變》，余英時撰，見《燕園論學集》，北京大學出版社，1984 年。

20. 《先秦兩漢冥界及神仙思想探原》，〔臺〕蕭登福撰，臺北，文津出版社 1990 年。

21. 《漢魏六朝佛道兩教之天堂地獄說》，〔臺〕蕭登福撰，臺北，學生書局，1989 年。

22. 《道佛十王地獄說》，〔臺〕蕭登福撰，臺北，新文豐出版有限公司，1996 年。

23. 《中國民間目連文化》，劉楨撰，巴蜀書社，1997 年。

24. 《地藏信仰研究》，張總撰，宗教文化出版社，2003 年。

25. 《中國民間信仰》，烏丙安撰，上海人民出版社，1996 年。

26. 《中國靈魂信仰》，馬昌儀撰，上海文藝出版社，1998 年。

27. 《中國民間諸神》，呂宗力、欒保群撰，河北教育出版社，2001 年。

28. 《中國冥界諸神》，馬書田撰，團結出版社，1998 年。

29. 《華夏諸神》，馬書田撰，北京燕山出版社，1999 年。

30. 《疑經研究》，牧田諦亮撰，京都大學人文科學研究所，1976 年。

31. 《地獄變——中國の冥界觀》，〔日〕澤田瑞穗撰，東京株式會社平河出版社，1991 年。

32. 《中國傳統文化在日本》，蔡毅編譯，中華書局，2002 年。

33. 《唐代的入冥故事》，〔法〕戴密微撰，見《敦煌譯叢》第 1 輯，甘肅人民出版社，1985 年。

34. "The Scripture on the Ten Kings and the Making of Purgatory in Medieval Chinese Buddhism"（《十王經與中國中世紀佛教地獄的形成》），Stephen F. Teiser, University of Hawaii Press，1994.

35. 《幽靈的節日——中國中世紀的信仰與生活》，〔美〕太史文撰，侯旭東譯，浙江人民出版社，1999 年。

36. 《金枝精要》，〔英〕弗雷澤撰，劉魁立譯，中國民間文藝出版社，1987 年。

37. 《巫術科學宗教與神話》，〔英〕馬林諾夫斯基撰，李安宅譯，中國民間文藝出版社，1986 年。

38. 《比較宗教學史》，〔英〕埃里克·夏普撰，呂大吉等譯，上海人民出版社，1988 年。

39. 《世界各民族歷史上的宗教》，〔俄〕謝·亞·托卡列夫撰，魏慶徵譯，中國社會科學出版社，1985 年。

40. 《神話的歷史》，〔英〕維羅尼卡·艾恩斯撰，杜文燕譯，希望出版社，2003 年。

41. 《倫理學》，〔荷〕斯賓諾莎撰，商務印書館，1958 年。

二、文學類

1. 《中國小說史略》，魯迅撰，上海古籍出版社，1998 年。

2. 《管錐編》，錢鍾書撰，中華書局，1986 年。

3. 《古小說簡目》，程毅中撰，中華書局，1981 年。

4. 《唐代小說史話》，程毅中撰，文化藝術出版社，1990 年。

5. 《唐前志怪小說史》，李劍國撰，南開大學出版社，1984 年。

6. 《唐五代志怪傳奇敘錄》，李劍國撰，南開大學出版社，1993 年。

7. 《中國文言小說書目》，袁行霈、侯忠義編，北京大學出版社，1981 年。

8. 《中國文言小説總目提要》，寧稼雨編，齊魯書社，1996 年。

9. 《中國古代小説史論》，楊義撰，中國社會科學出版社，1995 年

10. 《中國古代小説的文體獨立》，董乃斌撰，中國社會科學出版社，1994 年。

11. 《小説藝術論稿》，馬振方撰，北京大學出版社，1991 年。

12. 《中國小説學通論》，寧宗一主編，安徽文藝出版社，1995 年。

13. 《文言小説審美發展史》，陳文新撰，武漢大學出版社，2002 年。

14. 《中國敘事學》，楊義撰，人民出版社，1997 年。

15. 《佛教與中國文學》，孫昌武撰，上海人民出版社，1988 年。

16. 《佛經傳譯與中古文學思潮》，蔣述卓撰，江西人民出版社，1990 年。

17. 《比較文學與民間文學》，季羨林撰，北京大學出版社，1991 年。

18. 《中國文學中的維摩與觀音》，孫昌武撰，高等教育出版社，1996 年。

19. 《中國古代小説與宗教》，孫遜撰，復旦大學出版社，2000 年。

20. 《中國印度文學比較》，郁龍余撰，中國社會科學出版社，2001 年。

21. 《古典文學佛教溯緣十論》，陳允吉撰，復旦大學出版社，2002 年。

22. 《文壇佛影》，孫昌武撰，中華書局，2002 年。

23. 《志怪小説與人文宗教》，王連儒撰，山東大學出版社，2002 年。

24. 《隋唐佛教與中國文學》，陳引馳撰，百花洲文藝出版社，2002 年。

25. 《唐五代小説的文化闡釋》，程國賦撰，人民文學出版社，2002 年。

26. 《中國古代夢幻》，吳康撰，海南出版社，2002 年。

27. 《唐代小説觀念與小説興起研究》，韓雲波撰，四川民族出版社，2002 年。

28. 《中國古代小説的原型與母題》，吳光正撰，中國社會科學文獻出版社，2002 年。

29. 《佛教地獄説之研究》，〔臺〕丁敏撰，國立政治大學碩士論文，1981 年。

30. 《道教思想與六朝志怪》，〔臺〕朱傳譽撰，臺北，天一出版社，1982 年。

31. 《佛教對中國小説的影響》，〔臺〕朱傳譽撰，臺北，天一出版社，1982 年。

32. 《目連救母故事之演進及其有關文學之研究》，〔臺〕陳芳英撰，臺灣大學碩士研究生論文，1983 年。

33. 《六朝隋唐仙道類小説研究》，〔臺〕李豐楙撰，臺北，學生書局，1986 年

34. 《敦煌俗文學論叢》，〔臺〕蕭登福撰，臺灣商務印書館，1988 年。

35. 《中國文學與宗教》，〔臺〕鄭志明撰，臺北，學生書局，1992 年

36. 《誤入與謫降：六朝隋唐道教文學論集》，〔臺〕李豐楙撰，臺北，學生書

局，1996 年。

37. 《佛教故實與中國小說》，〔臺〕臺靜農撰，見《臺靜農論文集》，安徽教育出版社，2002 年。

38. 《冥界遊行》，〔日〕前野直彬撰，前田一慧譯，見《中國古典小說研究專集 4》，靜宜文理學院中國古典小說研究室編，（臺北）聯經出版事業公司，1982 年。

39. 《中國的神話傳說與古小說》，〔日〕小南一郎撰，孫昌武譯，中華書局，1993 年。

40. 《六朝隋唐小說史の展開と佛教信仰》，〔日〕小南一郎撰，見福永光司編《中國中世の佛教と文化》，京都大學人文科學研究所，1978 年。

41. 《〈觀世音應驗記〉排印本跋》，〔日〕小南一郎撰，見《觀世音應驗記三種》，中華書局，1994 年。

42. 《豐都冥界の成立》，〔日〕小野四平撰，見《中國近世白話短篇小說研究》，施小煒、邵毅平、吳天錫、張兵譯，上海古籍出版社，1997 年。

43. 《中國小說世界》，〔日〕內田道夫編，上海古籍出版社，1992 年。

44. 《小說的興起》，〔美〕伊恩・P・瓦特撰，高原、董紅鈞譯，三聯書店，1992 年。

45. 《小說面面觀》，〔英〕E・M・福斯特撰，朱乃長譯，中國對外翻譯出版公司，2002 年。

46. 《中國敘事學》，〔美〕浦安迪撰，北京大學出版社，1996 年。

47. 《中國民間故事類型索引》，〔美〕丁乃通撰，孟慧英等譯，春風文藝出版社，1983 年。

48. 《世界民間故事索引》，〔美〕斯蒂・湯普森撰，鄭海等譯，上海文藝出版社，1991 年。

49. 《中國民間故事類型》，〔美〕艾伯華撰，王燕生、周祖生譯，商務印書館，1999 年。

後記（一）

　　又是滿眼芳菲的暮春時節，轉瞬間我已經在南開度過了六個年頭，回首一生中最美好的這一段時光，不禁滿懷別樣的離愁。

　　三年前，我憑著對古典文學的熱愛，由文藝學專業轉考古代文學專業，蒙孫昌武先生不棄，有幸忝列門牆之下。三年來，從先生那裏學到許多爲人、爲學的道理，這將是我一生受用不盡的精神財富。我的古典文學基礎薄弱，加上資質駑鈍，學習和論文的寫作中有很多的疑惑和困難，先生都會不厭其煩的解答和幫助，和藹可親地諄諄教導、一字一句地修改論文都令我深深感動。在此，首先要表達對恩師衷心的感謝！

　　六年來，在美麗的南開園，結識了許多志同道合的好朋友，他們給予我人生中極爲珍貴的友誼，這些情誼使我的讀書時光充滿歡樂。在這離別的時刻，對同學與朋友們給予我的幫助和鼓勵也心存感激。

　　六年時光匆匆過去，難忘心曠神怡的讀書之樂，難忘苦心焦思的寫作之艱，難忘好友之間的激揚文字，難忘失意時的彷徨徘徊。在日後天各一方的時候，這些快樂或憂傷的回憶定會勾起我對南開園、對南開園師友無盡的思念。

范軍於南開園

二〇〇四年四月二十九日

後記（二）

　　畢業多年以後，這部塵封良久的書稿終於可以出版面世了，內心不免有些激動和喜悅。校閱書稿的日子讓我又回到當年求學的時光，不禁感慨系之。

　　由於這部書稿的的冷僻題材，加上我的疏懶和生來不喜人事請托的個性，造就了此書的坎坷命運。慶幸的是，台灣花木蘭文化出版社為此書的出版開闢了一條生路，所以在此由衷地感謝花木蘭文化出版社。

　　由於溝通有誤，此書的校對遷延了些時日，有勞社長高小娟女士親自關懷垂詢本書的校對出版事宜，在此也謹申謝忱。

　　拙稿定有很多不足之處，敬請師長、方家批評指正。

范軍　於曼谷

二〇一三年七月三十日